神さまのお恵み

佐藤愛子

青志社

神さまのお恵み

佐藤愛子

神さまのお恵み

目次

装丁――岩瀬聡
装画――桑原伸之

神さまのお恵み

1

藤山咲子女史は二十六の齢から五十九歳の今日まで三十年余り、小説を書きつづけて来た。もっとも三十年余りといっても、初めの十年は雑誌社から注文されて書いていたわけではなく、自分勝手に書いていただけである。書かずにいても誰も困らないし文句もいわない。いやむしろ、家族の者は書かずにいてくれる方がよっぽど有難いと思っていたことだろう。

しかし女史は必死で書いていた。当《あて》のない原稿を、である。いや、当がないからこそ、必死で書いていたともいえる。「末は女文豪」を目指していたのだ。

だが意気に燃えていた十年が過ぎると、もう何でもいい、文豪でなくてもいい、ものを書いて飯が食えれば、という気になった。たまたまその頃、女史の夫は事業の失敗で破産したのだ。文豪などを目指していると飯が食えない。女史はヤケクソになって破産した夫の悪口を書いた。それが女史が小説家として生れてはじめて手にした原稿料である。

破産した夫は積権者から逃げ廻っているうちに酒場の女と仲よくなった。それで女史はまたそのことを書いて原稿料を稼いだ。そのうち夫は酒場の女の家に引き取られ、女史と離婚したので、それも原稿料の種になった。

酒場の女と暮しはじめた夫は、時々女史の所へ金の無心に来た。

「何のために別れた亭主に金を貸さなくちゃならないのよ！」

怒りながら、女史は金を出し、すぐさまそれを小説にした。夫はいろんなホラ話を持ち込んでは女史から金を巻き上げて行った。その都度女史はそれを書き、気がついたら女史は「職業作家」といわれるものになっていたのだった。

考えてみると女史は、夫のおかげで職業作家になれたのである。もともと、それほどの才能、創造力があったわけじゃなかったのだ。そう思うと女史は、

別れた夫が、

「やあ、元気かね」

といって現れるたびに、

「なに？　またお金？」

仏頂面をしながら、餌を待つライオンのように、舌なめずりせんばかりの光った眼を夫に向けるのだった。

そのうちに別れた夫は現れなくなった。

彼の生活は安定したのである。

すると、その代りのように、女史の家の離れにロック狂の甥夫婦が住みついた。その離れ家は女史の老母が住んでいたもので、老母が死亡したため、甥夫婦が来ることになったのだ。

甥は無職で、売れない挿絵を描いて、洋裁師の妻に養ってもらっている。無職なので昼近く起き出してロックのレコードをかけ、それに合せてドラムを叩く。そのドラムとロックの響きは空に向ってたちのぼり、二階を書斎としている女史の耳の中になだれ込む。

「うるさいッ！　静かにしてよ！」

と女史は二階の窓から顔をつき出して怒鳴るが、噴火のように下の方から湧き上って来る大音響の中に、女史の声はかき消えてしまう。しかしそんな憤怒をも女史は小説に書くことによって生活の糧《かて》とした。

そのうち女史は三つ齢上の男と恋愛をした。男に妻子がいたので、お定まりの騒動が持ち上った。それも幾つかの小説のモトとなった。やがて恋愛は終りを告げ、終れば終ったでまた書けた。

ある日、女史の家へ白昼強盗が入って来た。強盗は短刀を手伝いの女の子に突きつけて威したので、女史は庭を走り、塀を乗り越えて隣家の庭に飛び降り、助けを求めて走った。そうして疾走しつつ、

――シメタ！　書ける！

と思ったことを女史ははっきりと憶えている。強盗は女史の勢いにびっくりして逃げたのだが、そのいきさつは五日後にははや五十枚の小説になっていたのだった。

女史のまわりでは、なぜか次から次へと事件が起きた。来月は何を書こうかと考えていると、七十四歳の元村会議員というじいさんが栃木県から結婚の申し込みに現れたりした。

毎晩十時になると電話をかけて来て、愛を告白する頭のおかしなラーメン屋がいた。彼は女史の外出を門の前で待ち受けていて強引に女史の車に乗り込もうとしたので、女史は手にしたこうもり傘で彼を殴った。そのいきさつも、早速、翌月のK誌に掲載されたのであった。

女史はこれらの事件や人物を、神さまの贈物だと思うことにした。元来、才もなく学もない女が、男に頼らず、女の痩腕で老母の余生を看とり、娘を育てていることを神は憐れと思召して、これら珍奇な人物を配して助けて下さっているのかもしれない。

女史の上に襲いかかって来るさまざまな困苦災厄はすぐさま「メシの種」になる。失敗、喧嘩、裏切られたこと、嘘をつかれたこと、侮辱されたこと、盗まれたこと……普通の人が口惜しがったり悲しんだりする時に、女史は「シメタ！」と思った。

「シメタ！　書ける！」

そうしてシメタ、シメタ！　と思っているうちに口惜しさも悲しみも消えてしまうのだった。

2

——あの頃はよかった……。

この頃、女史はそう思うようになった。

女史は書くことがなくなって来たのである。

女史は才能が涸渇してしまったのだ、というよりも乏しい才能を補塡《ほてん》する波瀾が起らなくなったのだ。

女史は齢をとったのである。

かつては女史の前に引きも切らずに現れた人物たちはどこへ行ってしまったのか。

七十四歳の元村会議員、こうもり傘で殴られたラーメン屋、ますらお派出夫の志願者、天才作曲家を自負している高校生、自分は女史の隠し子であると信じていた青年……。

——あの頃はよかった……。

と呟く時、女史の胸はいうにいわれぬ悲哀に閉された。今は恋の相手どころか、アタマのおかしい男さえも近づいて来なくなっている。

女史は机に原稿用紙を広げ、呆然として数刻を無為に過す。女史の応接間にはもう、かつてのように各誌の編集者が集って来ない。彼らは女史の衰退を見抜いたのだ。

　女史に原稿を頼みに来るのは、今はK社K誌の編集者・金原《きんばら》猛ひとりである。金原猛が女史の担当になってからもう二十年経つ。当時新入社員であった彼は、今はぶ厚いメガネをかけた中年男になって相変らず平《ひら》の編集者である。彼の同輩の中には既に編集長やデスクになった者もいるのに、なぜか今に到るも平のままでいる。そんな男だけが、女史に原稿を頼みに来ることが、女史には面白くないのであった。

「どうでしょうか、五十枚か六十枚で、人生の哀しさがしみじみ胸に伝わって来るような小説を待っているんですがねえ……先生なら豊富な人生経験を持っていらっしゃいますから、その中から滲み出るものがあると思うんですが……」

「折角だけど金原さん、もう私には書くもの、何もなくなったわ」

女史はすてばちにいう。

「私なんか、もともと、才能なんかたいしてなかったのよ。齢をとって才能もエネルギーも涸れてしまったら、ごらんの通りよ。何も書けない……」

「そんな……」

金原はぶ厚いメガネの下で目をパチパチさせて困惑し、

「そんなことありませんよ。ぼくは昔から先生の愛読者です。ぼくはそのう……何といったらいいかなあ、つまり先生の、その、体当りといいますかね、徒手空拳で人生を戦い抜いて行かれる気魄にいつも感動するんです」

「だからね、その気魄が衰えたのよ」

「そんなことはゼッタイ、ありません！　先生がご自分でそう思いこんでおられるだけです！」

「私の気魄は波瀾や苦労によって出て来たものなのよ。この頃は波瀾がなくなったからダメになってしまったんだわ」

「何か変った人物はいませんか?」

「いないわねえ」

「何か事件、起りそうにありませんか」

「起らないわねえ。とにかく毎日が平和なのよ」

「うーん、平和か……平和なのが困る、というのも、難儀なお仕事ですなア……」

と金原は歎息した。


夏、女史は娘の里子を連れて北海道へ行った。北海道の日高の山の中腹に、女史は七年前から小さな別荘を持っている。建ったばかりの頃は別荘を持っていても、次々と来る仕事のためにそうゆっくり別荘生活を楽しむというわけにはいかなかった。だが今は飽きるほどいることが出来る。

金原は自分の車を運転して、女史と里子を羽田に見送った。

「ではご無事で……といいたいところですが、この際、あんまりご無事というよりは、少しぐらい何かことが起きた方が……ですから、まあ、適当にご無事でないように……祈っています」

と金原は真面目な顔でいった。

飛行機を千歳で降りると、別荘の管理を委せている高桑商店の息子の金治がワゴンを運転して迎えに来ているのが毎年のことである。

女史がその車で別荘に着いたのは夕暮どきである。カーテンを開け、インスタントコーヒーをいれ、手荷物を片づけようとした女史は、スーツケースを開けて思わず「あっ」と叫んだ。東京を出る時にスーツケースの中に入れて来た四十万余りの現金入りの封筒がない。女史は慌ててスーツケースの中のものを取り出し、それからスーツケースを逆さにして振った。

「里子！　ないのよ！　お金が！」

それは夏の間の生活費として用意して来たものだ。しかもその中には実印と銀行印も入っている。

その時から毎日、寝ても醒《さ》めても女史は金の行方について考えた。自宅から羽田までは金原の車である。飛行場まではどこにも坐らず、真っ直ぐに飛行機に乗った。機内では窓際に坐り、足元にスーツケースを置いて、隣に里子が腰かけていた。途中で座席から立ったことは一度もない。千歳空港でも一度も立ち止まらず出口に向い、すぐに高桑のワゴンに乗った……。

何度も何度もくり返し、女史はその順序を思い浮かべた。怪しい人影が近づいた記憶は全くない。思い当ることは何もない。いったいあの封筒はどこでなくなってしまったのだろう。落したのか、盗まれたのか。入れたつもりが東京の家へ置き忘れて来たのか？

女史は東京の家に電話をかけた。離れの甥の妻を呼んで探させた。甥はベッドの下から簞笥《たんす》の裏まで調べたが何もないといって来た。スーツケースはチャックで開閉するようになっている。もし、スリにやられたとすれば、スリは女史が歩いている時に一緒について歩きながら身体をかがめてスーツケースのチャックを開けて金の入った封筒を取り、また元通りにチャックを閉めておいたことになる。しかしそのスリはいったいどこでどうして、ハンドバッグの中でなくスーツケースに金が入っていることを知ったのだろう？

女史は金原に電話をかけた。

「もしもし！　金原さん！　起きたわよ！　事件が！」

「えっ！　ホントですか！　どんな事件です！」

「スーツケースに入れておいた現金四十万円が、こっちへ来てみたらなくなっていたのよ！」

「えっ！　四十万！　なくなっていたってことは、盗難に遭ったってことですか？」

「それがわからないのよ。とにかくかき消えてるのよ……」

女史の説明を聞いた金原は、

「そいつは……」

と思わず声を弾ませ、それからいった。

「うーん、しかし……喜んでいいのか、悪いのか……やっぱり、喜ぶよりは心配することが先なんでしょうかね……」

「これはね、金原さん」

女史はいった。

「これはなり行きによっては書けそうよ」

そういった時、金の損失への思いよりもこの数日、女史の胸を圧しつぶしていた鬱屈が晴れて行ったのであった。

3

金の行方はわからなかった。

誰にも見当がつかなかった。

警察は、多分羽田か千歳の空港でスリにやられたのだろう、と簡単にいい、高桑の息子は東京に忘れて来たのだろう、年中タイコを叩いている怠け者の甥は大丈夫か、といい、東京の甥は金原編集者は大丈夫なのかねといった。

金原は電話をかけて来ていった。

「どうですか？　お金は出ましたか？」

「出ないわ、皆目わからないの」

「で、書けそうですか？」

「ただお金がなくなっていたというだけでは書けないわよ。犯人を見つけなければ」

「それはそうですね。では犯人を造りますか？」

「誰にするの？」

「そうですね、ただのスリじゃ面白くないし……」

「一応疑いがかかるのは、高桑の息子と、うちの甥と、それからあなた、金原さんよ……」

「はあ……ぼくもですか」

「金原さん、あなただとしたら、どんなふうにして盗みます?」

「僕が盗む場合ですか……」

金原は考えて、

「難しいですね。まず、盗む理由を考えなくちゃならないし……」

「あなたはべつにお金に困っていないから、つまりこれは怨恨の線ね」

「ぼくが先生を恨んでるわけですか」

「そうよ、虐《いじ》められた恨みとか、邪恋とか……」

「邪恋ねえ……うーん……」

金原はよく考えてお返事します、といって電話を切った。

翌日、女史の生活費がスーツケースからなくなったということを聞いて、高桑商店のばあさんがやって来た。孫の車で来る途中でなくなったということを聞いたら、黙っているわけにはいかねえもので、とばあさんはいった。

「それで、先生、真相をキューメイするためにゴンゲンサマに訊《き》いたらどういうもんかと思うんですがねえ」

ばあさんは若い頃、東京で弁護士の邸《やしき》に女中奉公をしていたということで、歯切れのいいもの言いをする。

「ゴンゲンサマってなあに？」

「ご存知ないですか。仏が衆生済度《しゅじょうさいど》のために、神さまになられたものですよ。質問すると何でもよくわかって答えてくれます」

ばあさんは「紙を一枚下さい」といって女史の原稿用紙の裏に、まず鳥居の絵を描いた。それから円形にいろは四十七文字を、その中に数字を一から一〇まで書いた。そうして三人が人さし指で十円玉を押え、それを鳥居の絵の上に乗せて呪文を唱えると、十円玉が勝手に動き出してはいろんな文字の上に止まる、それを拾い読みして行くと答になっているという。

「それ、コックリさんのことじゃないの、それなら知ってるわ」

と女史も乗り気になった。

「それじゃあ、里子さんと先生は向き合って坐って下さいまし、あたしはここで」

とばあさんは居間の窓際の丸テーブルに向き合った女史と里子の間に坐った。

「里子さん、窓を開けて下さいまし。ゴンゲンサマは窓から入って来られるんですからね」

窓を開け、女史と里子は十円玉の縁に人さし指の先を置いた。

「いいですか。どんなことがあっても途中で十円玉から指を放してはいけませんですよ。放す前にゴンゲンサマのお許しを得てからでないと……」

高桑のばあさんはそういうと、椅子の上にチョコンと坐って、少しの間瞑目《めいもく》した。

「ゴンゲンサマ、ゴンゲンサマ、おいでになりましたら、のったりけったり、のったりけったり、大きく大きくおまわり下さいまし」

ばあさんがそういうと、三人が指を置いた十円玉は、円形に書いたいろは四十七文字の上をゆっくり動き出した。

「おいでいただけましたでしょうか。有難うございます……」

ばあさんは真面目くさって礼をいうと、

「ではこれよりお伺《うかが》いいたしますことを、どうかお答え下さいまし」

と一礼して質問を始めた。

「ここにおりまする藤山咲子さんが、東京世田谷の家からこの地へ参りましたところ、鞄の中の四十万円の現金が見えなくなりました。これはいったい、盗まれたものでございましょうか。それとも忘れたものでございましょうか。何かの勘チガイでございますか？」

するとＸ三人の指を乗せた十円玉がおもむろに動き出して、「と」の字で止まり、それから又動いて「ら」を指し「れ」を指し「た」を指して止まった。

「と・ら・れ・た……」

ばあさんは声に出していい、女史と里子の顔を見て目くばせをする。

「では伺いますが、盗んだのは男でしょうか、女でございましょうか」

十円玉は動き出す。

「お・と・こ……」

ばあさんは乗り出した。

「その男の名前は何と申しますか?」

「き」……「ん」……と十円玉が動いた時、電話が鳴った。

「あっ、出てはいけません!　十円玉から手を放したら、ゴンゲンサマはお怒りになりますよ!」

電話は窓に背を向けている里子の後ろにあって鳴りつづける。ばあさんはその電話に負けまいとして声をはり上げた。

「盗んだ男の名は何と申しますか。どうかもう一度、はじめからお教え下さいまし」

十円玉は鳥居の上に止まったまま、ビクともしない。

「電話なんかかかって来たものだから、ゴンゲンサマは、気ィ悪くなすったんですよ」

ばあさんはいった。

「ゴンゲンサマ、電話のベルでお心を乱しまして申しわけございません。どうかお許し下さいまして、もう一度、お教え願えませんでございましょうか」

十円玉は動かない。電話は鳴りつづけている。ばあさんは怒って片手を伸ばして受話器を外すと、そのまま電話の横に転がした。

「もしもし……もォし、もォし……」

外された受話器から流れて来る遠い声はどうやら金原の声のようなのであった。

4

ゴンゲンサマは「き」と「ん」を指したきり沈黙してしまった。

「き……ん……」

ばあさんは呟いて、小皺《こじわ》の中の臍《へそ》のような目を光らせた。

「『きん』というと、まさか、うちの金治のことでは……」

ばあさんは躍起になってゴンゲンサマを呼んだが、ゴンゲンサマはビクとも動かなくなってしまった。

「ゴンゲンサマ、どうかご機嫌を直してお答え下さいまし。き、ん、のあとは何でございますか。どうか教えて下さいまし。どうか、黙っていねえで、何とかいってくれろ」

ばあさんは興奮のあまり、地元の言葉になった。すると、三人の指を乗せた十円玉はすごい勢いで紙の上いっぱい廻り始めた。いろは四十七文字の上を、ただ、グルグル廻るばかりで、どこにも止まらない。

「ゴンゲンサマは怒ったんだァ」

ばあさんは嗄《しわが》れ声の悲鳴を上げた。

それはまことに不思議な力だった。女史と里子とばあさんの手は、それぞれの意志とは全く無関係に、同一の方向に向って動く。止めようとしても止まらない。紙の上をこする十円玉の音だけがスーッスーッと流れる。

「ねえ、もうやめようよう」

里子が怯えた声を出した。

「やめてはなんね。ゴンゲンサマが帰るといわねえうちにやめたりしたら、ゴンゲンサマが乗りうつるって……」

「そんなこといったって……」

と里子は泣き顔になった。

「じゃあ、ゴンゲンサマに帰ってもらったら？　ねえ、おばあさん、ゴンゲンサマにお帰り下さいっていったら？」

そういっているうちにも、女史の手は里子やばあさんの手と一緒に紙の上をグルグル廻っているのである。

「ゴンゲンサマ、ゴンゲンサマ、それではどうかお帰り下さい。お帰り下さい」

ばあさんも泣き声になった。

「ねっ、放すわよ。もう……放す……」

と里子。

「放しちゃなんないよ。放しちゃなんないよ」

ばあさんは叫んだ。叫びながらその手は二人の手と一緒にますます勢いを増して動き廻っている。

「ゴンゲンサマ、何かお供物をしますから、どうか鎮《しず》まって下さい……」

思わず女史は叫んだ。

「油揚をお供えしますから、どうか……」

するとと手の動きは少しゆるやかになった。

「冷蔵庫に油揚が入っていますので、取って来たいと思います。それで……この手を放してもよろしゅうございましょうか？」

すると十円玉の動きは忽《たちま》ちゆっくりになって、

「は・い」

と二カ所に止まった。女史は立ち上って台所の冷蔵庫から油揚を出して来て紙の上に置いた。

「これでよろしゅうございますか」

真剣に尋ねる。

「は・い」

とまた出た。

「ありがとうございました。ありがと、ありがと……」

ばあさんは喜んで礼をいい、身を乗り出して、

「では、訊きますが」

といった時、形ばかりの門からスクーターが二台入って来て、女史が顔を向けている窓の向うに止まった。

「こんにちは」

斜めにしたスクーターを片脚で支えてチリチリ頭の若い男がいった。

「藤山咲子さんってお宅かね」

「はあ、私ですが」

女史は仏頂面をして窓越しに男を眺めた。手は十円玉を押えたままである。

「何のご用ですか？」

「いや、べつに用ってないんだけど、小説家だというから、どんな人か話してみたいもんだと思ってね」

「そんなこといわれても、どこの誰ともわからない人と話なんか出来ないでしょう！」

十円玉を押えたまま、女史は男を睨みつけた。

「いきなり来られても、困ります……」

ぐずぐずしていると、折角機嫌の直ったゴンゲンサマがまた怒り出すではないか。

「今、手が放せないことをしているんです。またにして下さい……」

チリチリ頭と、もう一台のスクーターの、赤シャツに黒いサングラスの男とは窓の中を覗き込んで、十円玉を押えている三人を不思議そうに眺め、顔を見合せた。

「どうする？」

「しょうがねえ、帰るか」

「うん」

　スクーターは門を出て行ったが、ゴンゲンサマはまた怒ってしまった。途端に三人の指先を乗せた十円玉はものすごい勢いで動き出し、紙の上の油揚をグイと紙の外へ押し出したのだった。

「だから……いわねことじゃない！　また怒らしてしまったんだ！」

　ばあさんは叫ぶ。

「ねえ、もうやめようよ。やめよう、やめようよう」と里子。

「ダメだ、ゴンゲンサマが納得しねえうちにやめると、とり憑《つ》かれるぞ」

「ゴンゲンサマ！」

　女史は大声で叫んだ。

「卵をお供えしますから、ご機嫌を直して下さいますよう。どうぞお答え下さい！」

　すると、それまで吸いついたように静止していた十円玉が動き出して答が出た。

「は・い」

「では手を放してもよろしゅうございますか」

「は・い」

女史はまた台所へ走った。冷蔵庫を開ける。しかし卵はない。忘れていたが
その朝、里子と女史とで、二コずつ食べてしまったのだった。

「申しわけありません。あると思っていた卵がありませんでした……」

女史は真剣にゴンゲンサマに謝った。

「何かほかの物でお許しいただくわけにまいりませんか?」

ゴンゲンサマは沈黙している。

「ソーセージではいかがでしょう?」

ゴンゲンサマは何もいわない。

「ポークハムではいけませんか?……鶏のカラ揚げの冷たくなったのでは?」

十円玉は動き出した。

「た」……「ま」……「た」……「ま」……

「た」……「ま」……「た」……「ま」……

「卵でないとダメなんだァ」

ばあさんは怯えて叫んだ。

「オレ、うちへ行って卵持って来るよう！」

ばあさんはいった。

「ゴンゲンサマ、ではうちから卵を取って来ますから、手、放してもいいですか」

「い・け・な・い」

「いけない？　どしてだ、どしてです？」

「い・け・な・い」

三人は必死の目を見合せた。

「じゃ私が行くわ」

と里子がいった。里子は車の運転が出来る。

「私ならひと走りだから」

「ゴンゲンサマ、里子が行ってよろしいでしょうか?」

「い・け・な・い」

「いったい、どうすればいいのよう」

と思わず女史が怒鳴ると、その手は狂ったように「た・ま」「た・ま」「た・ま」「た・ま」と動く。

「では、藤山咲子が卵を買いに行けばよろしいでしょうか」

ゴンゲンサマははっきりと答えた。

「は・い」

5

女史は買い物籠を提げて門を走り出た。

八月の中旬、北海道の空はもう秋の気配を漂わせて、高く澄み渡っている。女史は急坂を駈け下りた。左手に海が光っている。草原の間の道を爪先下りに下りて行き、くの字に曲るとやがて漁師の集落に出る。高桑商店はその集落の真中を通っている国道沿いのほぼ中心にある。女史は毎朝、この道を散歩する。ゆっくり歩くと往復で小一時間かかる道のりである。そこを女史は走った。一刻も早く帰らなければ里子と高桑のばあさんは十円玉から手を放すことが出来ないのである。

考えてみるとこの数年、女史は走ったことなど全くなかった。三年ほど前に飛行機に乗り遅れそうになって飛行場の中を走ったのが最後である。女史の息はすぐに切れ、必然的に顎が上った。開くまいとしても口が開く。ハアハアと真夏の孕《はらみ》犬のように喘《あえ》ぐ。喘ぎつつ漸く山道を降りきって集落へ出た。

「先生、どこさ行く？　そんなに走って」

と顔見知りの漁師の女房が声をかけた。

「卵買いに……」

息を切らせて答える。

「卵買いに？　高桑商店へかい」

「そうよ」

「卵買うのに走ってるのかい」

その声を後に女史は走った。漸《ようや》く高桑商店に走りつき、

「卵、ちょうだい……」

と叫んだ。店には誰もいない。ばあさんは店番をほっぽり出して女史の家へ来たのだ。

「高桑さーん、誰もいないのオ？」

返事がないので、女史はパック入りの卵を籠に入れて外へ出た。と、出合い頭に向うから走って来た車が止まって、

「先生、どした？　汗かいて、真赤になって」

と車の窓から顔がつき出た。顔見知りの不動寺の和尚である。

「卵買いに来たんだけど、誰もいないものだから」

「それで汗かいて真赤になってるのかい」

「走って来たのよ」

「走って来た？　山からかい。卵買うのに走って来たのかい」

「ゴンゲンサマってのを呼んで失物《うせ》の行方を訊いていたのよ、そうしたら……」

女史がいいかけると和尚は大声で遮った。

「ゴンゲンサマ？　そんなもの、やったらダメじゃ。ダメ、ダメ、すぐやめなさい」

「だから、やめようと思ったんだけども、その……卵がないと」

「コックリちゅうのは格の高い神サマじゃない。野狐《やこ》の霊じゃで、いい加減なことばっかいいよる。面白半分口から出まかせを教えよる。気ィつけんととり憑かれるぞ」

「だから卵を……」

といいさして女史は走り出した。

「き・ん」が金原の「き・ん」か「金治」の「き・ん」か、もうそんなことはどうでもよかった。女史はただ走る。ゴンゲンサマは本当にいるのかいないのか、自分がゴンゲンサマを信じているのかいないのか、そんなことはどうでもいい。女史は卵を入れた籠を提げて走っていた。陽は真上、海からのそよ風、雲ひとつない空。風にそよぐ草原。女史は走った。走りながら思った。

シメタ！　書ける！

書けるから走るのか、走るから書けるのか。急坂にさしかかる。女史はよろけて膝をつき、喘ぎ、汗を拭くのも忘れ、這うようにして坂を上った。

坂を上りつめると女史の家の門がある。女史は門柱に縋《すが》りついて一息入れつつ家の方を見た。何の樹もない、殺風景にひろがっているだけの前庭の向う、開け放った窓の中に、里子と高桑のばあさんが憮然としてテーブルに向い、十円玉に指を乗せている姿が見えた。

細かな笑いの泡が女史の胸底から上って来て、咽喉もとをくすぐってシャボン玉のように弾けた。門柱に摑まってハアハアと喘ぎながら女史は笑った。

シメタ！　シメタ！　シメタ！

そう思ったとき、今までも常にそうであったように、女史は四十万円を失ったその不幸を忘れたのであった。

夏が過ぎて、そして秋

1

チビが子を産んだ。

春との別れの雨が夜通し降りつづいた朝のことだった。どこからか妙な声が聞こえてくるので庭を捜し廻ると、物置小屋の床下を掘ってチビが白と茶色の二匹の仔犬を産んでいた。

仔犬の父親はタロである。

タロは一年ほど前に私の家へ迷い込んで来た犬だ。日本犬のかかった雑種犬であることは見ればわかるが、齢も名前もわからない。とりあえずタロと呼ぶことにした。

私はタロに対して積極的な気持があって飼うことにしたわけではない。タロはチビを連れて散歩に出かけた娘の後からノコノコついて来て一緒に門を入り、そのまま、出て行こうとしないで居ついてしまったのだ。勿論、我が家では何度かタロを門の外に追い出した。仕方なさそうにタロは出て行くが、暫くすると通りがかりの人がチャイムを押して、

「お宅の犬が出ていますよ」

という。タロが始終我が家の門の前に坐っているので、近所の人は皆、タロはうちの犬だと思うようになったのだ。

そんなふうにしてタロは私の家の飼犬になってしまったのだ。

生れて三カ月目から我が家の一員となっているチビは、そんなタロを厚かましいと思ったようである。はじめチビはタロを無視した。それでもタロが平然としているのを見て苛立ち、タロが近づいて来ると、わざとプイと横を向いてその場を立ち去ったり、餌を与えると先にタロの食器に口をつっ込んで、肉や魚などのおいしいところだけ食べてしまうというようなやり口をするのだった。

一日中、チビは南側の庭の、冬は日当りがよく、夏はヘチマ棚の蔭を南風が吹き抜けるところに寝そべっている。

タロは北の庭の勝手口の横の八ツ手の蔭で、冬は寒さに丸まり、夏は穴を掘っては腹を冷やしている。放浪の身であったタロは、犬小屋には入ろうとしないのであった。

「あの娘《こ》は賢いけどイケズでなあ」

と昔、近所のうどん屋のおばさんが、「おさとさん」という女中のことをよくそういっていたが、チビは私にその目のつり上った「おさとさん」を思い出させた。私が縁側に腰を下ろして日向《ひなた》ぼっこをしている時など、チビは向うのテラスにのんびり坐ってこっちを見ているだけなのに、私を見つけたタロが近づいて来ると見るや、あっという間に走って来て膝に飛び乗り、タロを寄せつけまいとして唸る。タロが北側の八ツ手の下にいるのは、好きでいるのではなく、チビのために仕方なくそこにいなければならないのであった。

冬の終りのことだ。

ふと気がつくと、北側の庭にチビがいる。チビのそばにはタロがいて、チビはタロの横腹をなめたりしているのである。

「チビも漸く心が折れて、タロと仲よくする気になったんですね」

と手伝いのおばさんがいったが、私は心の中で、

「なんだ、チビめ！　勝手者！」

と思っている。チビに交尾期《サカリ》が来たのだ。サカリが来たものだから、イジワルをするのをやめた。ほかに相手もいないことだし、タロと仲よくするしかない。ノコノコ自分から北の庭へ出かけて行って、据え膳を据えた。タロはタロで過去に受けた仕打ちを忘れて、喜んでチビになめてもらい、もつれつつ南の庭へ行って追いかけっこをしたり、仲よく並んで昼寝をしたり、そうして二匹の仔犬が生れたのである。

仔犬が二匹増えて、私の家の庭は穴だらけになった。庭下駄は一足とて満足

なのがない。縁の戸を開け放しておくと、二匹はいつの間にか上り込んで家中を走り廻り、到るところにオシッコのシミ。来客を応接間に通すと、カーペットの上から乾からびたウンコが転がっているという有りさまである。

ここに到ってはじめて私は迷い犬のタロを家へ入れたことを後悔した。タロ一匹のために二匹の犬が増えたのだ。タロさえいなければ、悧口《りこう》でよくいうことを聞くチビと、何の問題もなく静かな日が送れたのだ。

毎年、夏が来ると、私は娘とチビを連れて北海道の別荘へ出かける。チビを連れて行くのは、手伝いのおばさんも夏の間は休みをとるので、犬に餌を与える人がいないからである。それがタロが来てからはチビとタロの二匹を北海道へ連れて行くことになり、犬の飛行機代が倍になった。だが今年はそれが一躍四倍になるのである。

私は仔犬の貰い手を捜した。だが出入りの商人も友人知己、誰一人として、貰《もら》うという人がいない。雑種と雑種をかけ合せた犬ですかアと気乗りのしない返事が返ってくる。血統書つきの犬とでもいうのなら、また話は別ですけどね、という。

「でも丈夫よ、雑種は」

「丈夫ねえ……丈夫がトリエというんじゃねえ……」

と言葉を濁す。

私は決心して二匹の仔犬を北海道へ連れて行くことにした。チビとタロは東京へ置いて行く。そのために日当を払って犬に餌をやりに来てくれる人を頼んだ。仔犬を連れて行くことにしたのは、北海道ならばきっと貰ってくれる人がいるにちがいないと考えたからである。北海道は広い。私の別荘のある町は牧場が多い。どこの家も犬の一匹や二匹、いくらでも飼える庭を持っている。

七月、私は二匹の仔犬を連れて出発した。チビは心配そうに、タロは暢気《のんき》に尻尾をふって私たちを見送った。その頃、サカリのシーズンは終ってタロは再びチビのために北の庭に追い返されており、チビは南のテラス、ヘチマ棚の下に頑張って、タロを寄せつけないのだった。チビにはもう、タロは不必要な存在、従ってイジワルをせずにはいられない存在なのであった。

2

私は自分が犬好きなのか、犬嫌いなのか、よくわからない。私にわかっていることは、自分が自由に生きたいから、犬も自由にさせてやりたいという気持が強い、ということだ。自分が鎖で繋がれる不自由を思うと、犬を繋ぐ気がなくなる。穴を掘りたい欲求に駆られているんだな、と思うと、心ゆくまで掘らせてやりたくなる。掘られた穴は、気が向くと埋める。気が向かなければほっとく。齧《かじ》られた庭下駄を見るとカッとするが、齧りたくなる気持はわかる。だから半ばヤケクソで、腹を立てつつ齧られた庭下駄を履いて歩く。そうして犬を飼ったことを後悔している。

いったいなぜ、私はこうして犬を飼うんだろう……と改めて考えることがある。犬がいなければもっとスッキリ暮せるのに、と思う。タロが来た時、オス犬でしょう、チビはメスだから、今に子供が生れますよ、と注意してくれた人がいた。ずっと飼うつもりなら、チビに避妊手術をしたほうがいいですよ、と勧められたのだ。だが私は耳を貸さなかった。その理由としてそうたいした主義主張があるわけではない。ただ、そんな不自然なことは「イヤだ」という感情があっただけだ。そして仔犬が生れて手古摺《てこず》っている。

さて、北海道へ行った私は、出入りの人たちに仔犬はいらないか、貰い手はいないかと訊《き》いて廻った。ところがすぐにでも貰い手がつくだろうと思っていたのに、貰うという人がいないのである。

「犬か……うーん……いらね」

と私の住んでいる集落の人たちはみな、簡単にいった。

私は親しくしている不動寺の和尚を訪ねて、犬のことを頼んでみた。すると和尚はいった。

「犬みたいなもん、どもならんわ。わしのところじゃこの間、アイヌ犬が四匹も仔ッコ産んだで、一匹だけ残してあとの三匹は川で沈めて殺してやった……」

「えっ、殺した……」

と私は驚いた。

「そうじゃ。ダンゴ供えて、川で経文上げて沈めてやったんだ」

「そんなこと……」

坊さんがしてもいいのか！

「なに、かまわん、お経上げてやったで、成仏しとるわ」

生死に一如！　それが和尚の死生観なのか。和尚は朗らかにいった。

「アオウミ亀という奴がおるな。あの亀の子が生れるべ。したらクロコンドルが食いにやってくるんじゃ。そして何匹かは食われてしまうが、何匹かは助かる。するとその助かった奴を、今度はグンカン鳥が食いに来る。そこで助かったとしてもじゃ、イグアナという奴がいて、そやつがまた食いに来よる。一万匹のうち、生き延びるのは、〇・〇二パーセントじゃというんじゃ。それが自然なんじゃ。神さんがそうされたんじゃ。じゃからそれでいいんじゃ」

つまり犬には天敵というものがいない。だから人間が淘汰《とうた》してやるのが、自然の摂理にかなうことになるのだと和尚はいうのであった。

私が貰い手を捜している間も、仔犬たちはどんどん大きくなって、野や山を駈け廻り、鳥を追いかけ、客の靴を齧《かじ》った。いい忘れたが、仔犬の名前はオスがシロ、メスの方をクマという。シロは白いからシロ、クマは口が黒くて熊に似ているからクマと名づけた。とりあえずの名前である。気に入らなければ、貰った人が好きな名前につけ替えればいいと思っている。

そんなある日、新聞記者で町会議員の小野さんが遊びに来た。私は早速小野さんに、仔犬の貰い手はいないだろうか、といった。小野さんは町会議員なので顔が広い。毎日のようにあちこち、忙しく人を尋ねている。

小野さんは町会議員らしく気軽に貰い手を見つけることを約束してくれた。この町の町会議員は町民の頼みは何でもすぐきく習慣がついているのである。

その翌日、小野さんはまた私の家へやって来ていった。

「犬の仔ッコ、ほしいという家があることはあるんだけどね」

小野さんはいった。

「何種かって訊かれてね」

「雑種よ」

「雑種だっていったら、それならいらねっていわれてね」

「雑種の方が悧口で丈夫なのよ」

「うん、オレもそういったんだけど、したら、何か芸、出来るかって訊かれてね」

「芸？　そんなものできないわ。サーカスの犬じゃないんだから」

「うん、だからね、出来ねっていったら、よく吠えるかって訊かれてね」

放し飼いにしてノンビリ育っている仔犬は二匹ともあまり吠えない。

「よく吠える犬は、あれは縛られているから神経衰弱になってて、だから吠えるんです」

「うん、だからね。育ちのよさは保証するっていったんだ。したら、なんだかあんまり、トリエがなさそうだなあ、っていわれちまってね」

そんな話をしている間に、シロとクマは小野さんのサンダルを片方ずつ銜《くわ》えて行って、散々に嚙み切ってしまったのだった。

だがある日、小野さんは嬉しそうな声で電話をかけて来た。とうとう貰い手が見つかった、という。それは私の家のある丘から西の方に見える安藤という砂利会社の社長で、可愛がっていた犬が一年前に死んだ後、あまりの悲しさにもう二度と犬は飼うまいと思い決めていたのを、小野さんが無理矢理その気にさせたものらしい。

シロがいいか、クマがいいか、いっそ二匹一緒に貰ってもらえないだろうかというと、地所も広いので一緒でもいいという返事が来た。

私はほっとした。肩の荷が下りた、という実感だった。これで安心して東京へ帰れる。安藤社長は見たところ仁王のようないかつい大男だが、気はとても優しい。前に飼っていた犬が死んだときは、初七日、三七日《みなのか》、四十九日まで法要を営んで、亡犬の死を悼《いた》んだということだ。私は安心した。北海道で貰い手を捜しはじめてから、四十日目のことだった。

3

話は変るが、仔犬の貰い手が決まった翌日のことである。東京から村野友子女史が遊びに来た。村野女史はS出版社の編集部員で、もう何年も前から親しくしている三十四歳のハイミスである。

村野女史は北海道が好きで、毎年、休暇を取っては、三泊四日の予定で私の家へ来る。千歳空港からレンタカーで二時間半、海沿いの道を走って夕方、私の家へ着いた。

「まあまあ、ようこそ、お疲れさまァ」

私はいそいそと出迎えた。久しぶりで村野さんが東京の空気を運んで来てくれたのが私は嬉しい。村野さんも勝手知ったる他人の家、洗面所で顔を洗って居間に落ちついた。

私はお茶をいれ、村野さんは改めて、

「ご無沙汰しています。お世話になります」

と頭を下げた。と、その途端に、

バチッ!

頭の上の方で音がした。その音に私は気がついたが、村野さんは気がつかない。

「いつ来てもいいですねえ、ここは……」

そういってお茶を手に窓の外に目をやる。と、また、

バチッ！

と天井が鳴った。

「おや、可愛い犬がいるんですね、東京から連れてらしたんですか？」

バチッ！

「今年はチビとタロはお留守番？」

バチッ、ゴトッ！

――いったい、これは……？

私に話しかける村野女史に応答しながら、心の中で思案した。

――今まで静かだったのに、いきなり、なんで、この音が鳴り出したのだろう？

何も知らない人は、この音を聞いても、柱の割れる音か、天井を鼠《ねずみ》でも走っ

ているんだろうくらいにしか思わないだろう。しかし私はこの音が何かを知っているのである。何年か前、ある時期、私はこの音にさんざん悩まされた。最初に聞いたのは、さる湖の畔《ほとり》のホテルの一室でだった。そのときは夜通しひっきりなしに鳴りつづけ、私はとうとう一睡も出来ぬままに、フラフラになって東京へ帰って来た。

後でその話をある坊さんにしたら、その物音は死んで成仏出来ない霊が、そこにいることを知らせようとして立てる音であると教えられた。その時以来、私は、旅に出ると地方の旅館やホテルでよくこの音に悩まされるようになった。それまでは音に気がついても、天井の鼠か、あるいは材木の弾《はじ》ける音だと思っていたのだ。それは専門用語で「ラップ音」というのだそうで、つまり成仏させてほしい霊が、「この人」と見込んで立てる音だから、怖れることは何もない、そういう時は塩を撒いてお題目を唱えてやればいいのだと教えられた。

そのラップ音が、今、頻《しき》りに頭の上で鳴っているのである。考えてみればそれは村野女史の到着と同時に鳴り出している。いささか不思議というよりは不気味だが、さりとて何も知らない村野女史に向って、あなたはどこで霊をくっつけて来たんですか、と訊くわけにはいかないのである。仕方なく私は、

「編集長はお元気?」

とか、

「東京は暑いでしょう?」

などと話しかけた。

「編集長は相変らずですわ。コーヒータイムにアンミツを食べてます」

バチッ! ゴトン! と頭上が鳴る。村野女史は何も気づかず、

「ところで、浜の人たちはお変りありませんか?」

「浜の人たち」というのは私のいる集落の漁師たちのことで、村野女史は何度も来ているので、浜の人たちとも顔馴染みになっているのだ。

「ええ、皆、元気。だけど今年は魚が少なくてねえ」

「不漁なんですか」

バチッ！　バチバチ！

「カニはこの夏、禁漁になってるの」

「どうして？　いなくなったんですか？」

バチッ！

「獲《と》り過ぎなのよ。この頃は底引き漁法とかで、根こそぎ獲るでしょ」

ゴトン！　バチ！

「そうですねえ、漁法を変えないとダメですねえ」

バチッ！

「魚の卵まで根こそぎ獲っといて、魚がいないいないって騒いでる」

バチッ！

「自分の首を締めるようなことをしているってことに気がつかないんでしょうか」

夏が過ぎて、そして秋

バチッ！　バチッ！

さすがに村野女史も気がついて、

「何ですか？　この音」

とはじめて天井を見上げた。

「さっきから、バチバチいってますけど、梁《はり》が弾《はじ》けるんですか？」

バチッ！　バチッ！

「なんだか、まるで私たちの会話に加わって返事してるみたいですね」

バチ、バチッ！

いやもう、天井の賑やかなことといったら、私もいろんなラップ音を聞いて来たが、こんなにうるさいのははじめてである。しかし、何も予備知識のない村野女史に唐突にこれは幽霊が立てている音なのよ、とはいいにくい。

私は村野女史を誘って町へ食事に出ようと考えた。村野女史の好きなカニは禁漁。イカもこのところ不漁である。町まで十キロ。車なら信号がないから二十分で行ける。町には「ヤマチャン」という屋号の居酒屋があって、そこへ行けば何か魚が食べられるだろう。

私たちは娘の運転で「ヤマチャン」へ行った。「ヤマチャン」でも魚が不漁で困っている。とりあえずイカの刺身とキンキの焼いたのでイッパイやる。村野女史はイケるクチなので、魚はなくとも酒さえあれば話は弾むのである。

二時間ほど飲んで軽く食事をし、漁港を散歩したりして帰宅したのは十一頃だった。玄関を開けると、家の中に閉じ込めて行ったシロとクマが飛び出して来る。

「お留守番してたんだね、よしよし、ご苦労さん……」

といいながら居間へ入った。お茶をいれようとして台所へ行った。

台所は六畳ある。向って右側が流しと調理台で、左側が食器棚と冷蔵庫、正面にガスレンジがある。その中間は細長い床だが、その床の真中へんに、緑色の四枚羽の、換気扇がチョコンと置かれているではないか。

それはガスレンジの真上、フードの中の天井に取りつけられている換気扇である。フードの中を見上げると、換気扇が外れた後の穴が暗く開いている。思わず私は、

「どうしたの、これ！」

と大声で叫んだ。私の声に村野女史は立って来て、

「まあ！」

といったきりである。娘も見に来て無言のまま。

「いったい……」

といって私は絶句した。

いったい誰がこんなわるさをしたのか。丘の上の一軒家。この家へ来るには下から四百メートルの坂道を上って来なければならない。こんな時間に車でない限り、歩いては来られない所である。そんな場所であるから、外出する時も私は戸に鍵をかけたことがない。だいたいこの集落ではどこの家でも戸締りな

んかしていない。悪戯《いたずら》、あるいは泥棒に入ろうと思えば、いくらでも入って下さいよ、といわんばかりにカーテンも閉めず、窓もロックしていない。

我々は他に何か異常はないか、盗まれたものはないかと捜し廻った。だが換気扇の外《ほか》は何の変ったこともない。出かける前に飲んだジュースのグラスや、果物皿の西瓜の皮や土瓶や湯呑茶碗が流しに置いたままになっている。ガス台の上には湯沸しとガス釜が置いてあったが、それもそのままだ。もし天井から換気扇が何かのことでネジがゆるんで真っ直ぐに落下して来たとしたら、真下の湯沸しにぶつかる筈である。そうすれば当然、ガス釜の方にも影響がある筈だ。しかし湯沸しにもガス釜にも、変化はない。歪みもなければひっくり返りもしていない。

――いったい、誰が、何のために、換気扇を外して床の上に置いて行ったのか？

村野女史と私と娘は居間のテーブルを囲んで、お茶を飲むのも忘れた。

「やっぱりこれは悪戯じゃなくて、ネジが老朽化して落っこちて来たと考えるのが、自然じゃないんでしょうか」

と村野女史はいった。換気扇を調べると六個のネジがくっついていて、そのうち二個が老朽化している。しかし後の四個はしっかりしていて落下しそうにない。

「しかし、自然に落っこちて来たとしてよ、落ちた後、まず、ガス台に当り、それから反動で床に転げ落ちたとする……でもこんな重いものが、ボールみたいに弾んで、湯沸しを飛び越えて、床の、こんな遠くまで来るものかしら……」

私がいい、あとの二人は黙って顔を見合せる。その間も天井あたりでは、相変らず例のもの音がひっきりなしに鳴っているのである。さすがに村野女史も気になって来たとみえ、

「鳴ってますねえ……」

不気味そうに呟いて天井を見上げている。

ことの成りゆきを知っているのはシロとクマである。換気扇が落ちて来た時、どんな気配がし、それからどんな音がしたのか、家の中に閉じ込められていたシロとクマは知っている筈だ。

あるいは誰がどこから家の中へ侵入して来て、どんなふうにして換気扇を外し、どうやって出て行ったか。

「こら、お前たち、いってごらん。見たんだろ。知ってるんだろ。吠えたの？……お前たち……え？　何してた……」

と私はシロとクマをゆさぶったが、もとより彼らがヒントを与えるわけがない。だがそんなことでもいっていなければ、だんだん強まって行く不気味さをどうすることも出来ないのであった。

4

いつまで考えていてもしようがない。お風呂に入って寝よう、ということになった。まず私が入り、その後で村野女史が入った。村野女史の次に娘が入る。娘が居間を出て行って間もなく、私はお茶をいれるために台所へ行こうとした。居間と台所はつづいていて、浴室に通じる廊下へ出るドアーは、居間と台所の境界近くにある。台所へ行くべくそのドアーの前を通りかけて、私は気がついた。ドアーの前のカーペットの、灰色の上にくろずんで丸く、直径三十センチほど、水でもこぼしたように跡がついている。

「誰？　こんなところに水をこぼしたのは……」

と私はいった。

「村野さん？　知ってる？　この水のシミ、いつからあったのか……」

村野女史は立って来て、

「まあ……」

といって見つめている。

「私がお風呂から戻って来た時は、これはありませんでしたよ」

「なかった?……」

「ええ。それにさっき帰って来てから、誰もお水を使ってませんよ。帰るなり換気扇のことで、お茶も飲まずに坐って相談してたんですから」

「わかった、犬だわ!」

私はいった。

「犬のおシッコよ、きっと」

全く人さわがせな、私は怒ってシロを取りつかまえ、水跡に鼻先をこすりつけて殴った。シロをすませ、クマをやっつける。どっちがしたおシッコかはわからないが、こうなったら八つ当りだ。シロとクマは啼きながらどこかへ逃げて行ってしまった。

その騒ぎに娘が風呂場から走って来た。

「どうしたのよ、いったい……」

という。

「これ見てよ！　おシッコ！」

「おシッコ？」

娘は考える顔になった。

「このシミ、私がお風呂へ入りに行く時、もうあったわ。誰が水をこぼしたんだろうと思って跨《また》いで行ったの」

「誰も水なんか触ってないわ」

「でもシロとクマはずーっとソファの下にいて、スリッパを齧っていたのよ」

娘はいった。

「ずーっとよ……」

私たちは顔を見合せた。さっきまで、湯上りの火照《ほて》りでピンクに光っていた村野女史の顔は白茶けている。

「……すると、この水のシミは、村野さんがお風呂から出て来て、キョー子がお風呂へ行く間の、三分か四分の間についたということなの！……いったい、どこから、この水は来たのよ……」

私のその言葉に答えるかのように、頭の上では相変らず天井が、

ゴトッ、バチ、ガタガタ

と鳴っているのである。

その夜、私たちは三人、枕を並べて寝た。村野女史は二階の客間から、娘は自分の部屋から、それぞれ布団をひっぱって私の部屋へ寝に来たのである。

しかし村野女史は殆ど一睡も出来なかったという。娘も眠れなかったらしい。

私はふてぶてしく熟睡したが、その熟睡のイビキのために、村野女史と娘の怖さは紛れたが、眠れないことに変りはなかったという。

だが翌朝は晴れ上ってそよ風の吹く、気持のいい夏の一日が開けていた。昨日の騒ぎは嘘のように明るい日だった。シロとクマは昨夜、理不尽に殴られた恨みも忘れて、じゃれついてくる。

「北海道ならではの美しさですわねえ……」

村野女史はそういいながら、三泊四日の予定を変更して、午後の便で東京へ帰るという。

「いいじゃないの、折角遠いところをいらしたんだから、ゆっくりしていらっしゃいよ」

と私は懸命に引き止めた。気持はわからないではないが、村野女史が帰れば、あとは娘と二人きりである。相変らず朝から天井は音を立てている。カーペットのシミもそのままだ。今夜また新しい異変が起るかもしれないのである。そんなことになったのも、村野女史が来たことがきっかけではないか。勝手にヘンなものを連れ込んで来て、それを置いて逃げられたのではたまったものじゃない。

しかし村野女史は頑強に帰るという。押問答をしていると、電話が鳴った。大阪にいる幼な友達の片桐幸代からで、彼女は昔から手相や人相を見るのが得意だったが、最近では易学から気学なども学び、霊の研究などもしている未亡人である。

「どうしてるのん？　こっちは相変らず暑いよう……」

と暢気《のんき》な時候見舞いである。

「あ、丁度いいところへ電話をくれたわ。実はね、昨夜からヘンなことが起ってね……」

かくかくしかじかである、と説明した。黙って熱心に聞いていた幸代は、説明が終ると、

「ふーん……それはおかしいわね。普通やないわね」

といって少し考えている様子だったが、

「そんならね、こうしてごらん」

といった。

「あのね、そのシミのそばと、それから外れた換気扇のそばに村野さんが立ってね、それを写真に撮《と》ってごらん。その時、撮る人は必ずサソリ座の方を向いてカメラを構えること。サソリ座がどっちの方角かを調べてね。写されるのは村野さんよ。写すのはあんたでええわ。わかった？　もしかしたら、何か写ってるかもしらんわ」

「何か？　何かって何？」

「だから、それが何かがわかるのよ」

「ありがとう。やってみるわ」

電話を切ると、私は早速、娘にフィルムを買いに行かせた。カメラの用意は整った。しかし、サソリ座がどの方角にあるのかがわからない。娘は百科事典を開いているが、わかるわけがないのである。

私は漁師の浜野谷さんに訊くことを思いついた。漁師は沖へ出た時に星を見て舟の位置を知る、という話を聞いたような気がしたのだ。だが浜野谷さんの返事は、

「サソリ座？　何だい、そりゃ。そんなもん、知らね」

と素気ない。

「だって漁師の人って、星を見て舟を動かすんじゃやないの」

「そんな古くさいこと、今はしないもんな。今はコンピューターが何でも教えてくれっから」

「ふーん、そうなの、じゃ仕方ない。サヨナラ」

私はまた考えて、よろず屋の阿部さんに訊いてみることにした。阿部さんは親切な人だし、好奇心が強いから、きっと協力してくれるにちがいないと思ったのだ。

「もしもし、阿部さん？　ちょっと訊ねたいんだけど、あなた、サソリ座って

知ってる？」

「サソリ座？　何だい……、「そうよ、あたしはサソリ座の女……」のサソリ座かい」

と阿部さんは歌った。

「そう、つまり星座のサソリ座。今、どのへんにかかってるかわかる？」

「わからねえなあ」

「そう簡単にいわないでよ……実はね、昨夜からヘンなことがあってね……」

と説明した。阿部さんの好奇心は忽《たちま》ち脹《ふく》らんで、

「そうか、すぐ行く」

と店をほったらかして、昔懐かしいダットサンで坂を上って来た。

「うーん、こいつか」

と換気扇を眺めて腕組みし、

「うーん、これなあ……」

とカーペットのシミを見て唸る。

「はじめは犬のおシッコかと思ったんだけどね……」

阿部さんは水のシミのところに四つん這いになって鼻を近づけ、クンクンと嗅《か》いだ。

「臭わねえな」

といった。

「無臭だね」

人さし指で触れると、水のシミはまだびっしょり濡れている。

「こりゃ、犬のションベンじゃないべよ」

阿部さんはもう一度、鼻先をカーペットのシミに近づけ、

「ただの水だ」

と断定した。

「ションベンなら臭うべさ」

村野さん、私、娘、三方から水のシミに鼻を近づけ、クンクンと嗅ぐ。阿部さんは腕組みして、

「世の中には不思議なこともあるもんだな」

と感心している。阿部さんはサソリ座の方角を知るために、銀行へ勤めている息子に電話をかけたが、忙しいんだ、そんなこと知らね、といわれ、次に測候所に電話をした。ここでも、

「サソリ座ァ？　わかんないス」

といわれ、暫く考えた末に、

「そうだ！」

と手を打った。

「中学の先生が知ってる！　間違いない。あの人なら、きっと知ってるぞ」

中学の教頭が天文に委《くわ》しいことを阿部さんは思い出したのだ。阿部さんが電話をかけると、教頭は打てば響くように答えた。

「サソリ座ですか、それは今頃は東南の空に懸っているです。サソリ座の中で最も美しいのはアンタレスでありまして、今夜は雲がないので特に美しいと思いますよ。赤く光るアンタレスを今夜は是非、見て下さい」

阿部さんは電話のそばのメモに、

「アンタレス」

と書いたが、この際それは必要ないのである。

「東南ね、東南……」

と念を押して、私は東南に向ってカメラを構えた。村野女史は水のシミのそばに立ち、右手の人さし指を伸ばして、シミを指しているポーズをとった。何枚か撮った後、今度は台所の床に換気扇を置いて、そのそばに立った村野女史を写した。写真を撮り終ると村野女史はそそくさと荷物をレンタカーに積み込んで、私や阿部さんに見送られて坂を下って行った。車が見えなくなると阿部さんは腕組みをしていった。

「あの人はホントの人間なんだろな。写した写真に正体が出るんだろか」

町会議員の小野さんが来たのはその翌日である。小野さんは安藤社長に頼まれて、いつ犬を迎えに来たらいいか、日を聞きに来たのである。

「東京からわざわざ連れて来た犬だから、タダで貰うというのも気の毒だ、なんぼかとってもらった方がいいんでないかってね、安藤社長は心配してるんだけど……」

そういいながら、小野さんはふと気がついていった。

「どうしたんですか、あれ、換気扇でねえの？　壊れたんですか？」

小野さんは居間の出窓に置いた換気扇に気がついたのだ。

「いや、あれについては昨日もひと騒ぎあってね」

と私はまた説明した。小野さんはふん、ふんといって聞いていたが、私の話が終るのを待ちかねるように、

「そりゃあ、もしかしたら、片田さんのしわざでないべか」

と叫んだ。

「片田さん？　片田さんって漁師の？……」

私の声は上ずった。

「この冬、沖で死んだあの片田さん？」

漁師の片田さんは今年の一月に沖へスケソウの浜網を下ろしに行って、海へ落ちて死んだ。浜では総出で沖を捜したが、屍体はとうとう見つからないままに日が経ってしまった。

ところが、片田さんが死んで間もなくから、下の漁師の集落のあちこちに片田さんのタマシイが来るようになった。主に来るのは片田さんの家、親戚、小学校の同級生などの家で、夜になると表の戸がカラカラと開く音がしたり、お風呂でポチャポチャ音がしたりする。音のした後、風呂場へ行ってみると、廊下がべったり濡れている……。

聞いているうちに私は思い出した。

今の今まですっかり忘れていたが、村野女史が風呂場から居間へ戻って来てソファに坐ってすぐ、私に向って、

「あら、キヨ子ちゃん、もうお風呂へ入ってるんですか?」

と訊ねた。その時、娘が台所でグラスを洗っている姿が私のところから見えた。それで私は、娘は流しのところにいる、まだお風呂には行ってない、と答えると、村野女史は不思議そうな顔になって、

「でも、今、お風呂場で、お湯を使う音がしましたよ」

といったのだった。

その時、私は気にも止めずただ、

「そう?」

といっただけだった。単純に、村野女史の空耳だと思ったのだ。だから小野さんのその話を聞くまで、そのことは私の念頭から消えていたのだ。私はギョッとして小野さんを見つめた。

「そんなら、あのカーペットのシミは……」

「片田さんだ！」

と小野さんが叫んだ。

「そうだよ、片田さんだ、片田さんだ。そうだ！　あの換気扇の形、よく見れば、ありゃ船のスクリューの形だもな……」

「……」

「片田さんが来たんだべよ。船がどうかなって死んだんだ。それを教えてるんだ……」

小野さんが大声で笑ったのは、この発見が嬉しかったからである。

「そうだ、片田さんだ、片田さんだ……」

と小野さんはくり返した。

「けど、いったいなんで、片田さんが私のところへ？……今頃」

「片田さんは成仏出来てないんだ！　何しろ屍体もなくて葬式出したんだから。

成仏出来にくいわな。それで成仏してないことを知ってもらおうと思って、あちこちの家へ出てみたんだけど、誰も気ィついてくれない……」

「気ィついてくれないといっても、お風呂でポチャポチャ音がしたり、廊下が濡れていたりすれば、いやでも気がついたでしょうに？」

「一月十三日といえば寒いさかりだ。そんな時に海に落ちて死んだんだもの、そりゃ寒いべさ。だから風呂へあったまりに来るんだってね。そだもんでみんな可哀そうだなあといってね。夕方になったら、おい、そろそろ来る頃だから風呂、沸かしておいてやれや、なんていってよ」

「お風呂沸かすだけで、成仏させてあげようとはしないの？」

「そうは考えないんだな。寒いから風呂へ入りに来るんだって考えるだけで」

小野さんはいった。

「可哀そうにな。ホントは風呂へ入りたくて入るんじゃない。風呂へ入ってみせれば、成仏してないことを知ってくれるかと考えて風呂へ入ってたんだなあ……なのにこっちは、風呂へ入りたいんだとばっかり考えて、風呂ばっかり沸かしてよ。風呂よりホントはお経上げてやらなきゃなんないんだよな」

いくら一所懸命に風呂でポチャポチャやっても、誰もキモチをわかってくれない。片田さんのタマシイは集落の人に愛想を尽かして、ふらふらさまよっていた。そこへ村野女史がサングラスに登山帽をかぶってナップザックを背負い、海沿いの道を元気よくやって来た……。

――この人は集落の連中とは違う。頼り甲斐のある人だ、そう思って片田さんのタマシイは村野女史のナップザックにヒョイと止まって、坂を上って私の家へ来たというのか。

「そう考えればツジツマが合うというもんだべさ……」

小野さんはこの発見が気に入って、いささか興奮気味の大声を出した。

「可哀そうなのは犬だよね。自分のしたションベンでもないのに、怒られて、殴られて……犬もタマシイも両方ともモノをいえないってことは可哀そうなことだな、アハハ……」

　小野さんは上機嫌で帰って行った。

5

　そうして家の中は以前通り、静かになった。

　バチッともコトともいわない。

　カーペットの水のシミは少しずつ薄らいで行って、犬のおシッコでない証拠に、やがて跡形もなく消え失せた。

　片田さんのタマシイは、村野女史と一緒に出て行ったのであろうか。

　出て行ったタマシイは、村野女史の背中に止まって、どこまで行ったのだろう？　車が町を出外れる時、左手の海を見て、思い出してまた海へ戻って行ったのだろうか？

海へ戻った片田さんのタマシイは、どこでどうしているのだろう？

私が撮った村野女史の写真には、どれも壁に白い丸いシミのようなものが浮き出ていた。しかしそれが片田さんのタマシイであるのかどうか私にはわからない。阿部さんはその写真を見て、

「村野さんてひと、こうして見ると強そうだな」

といった。

それから数日後、私は庭にタライを持ち出して、シロを洗っていた。安藤社長のところへ貰われて行く前に、綺麗にしておいてやりたいと思ったからである。その親心もわからずに、シロはいやがって暴れ廻るので、私はシャンプーだらけになりながら、

「こらッ！　静かにしなさいっ！」

怒鳴って殴っているところへ、坂の下から車が上って来て、小野さんが降りて来た。

「犬、洗ってるんですか」

そういって、立って見ている。

「実はね」

そういって、それからおかしさをこらえる目になった。しかしここで笑ってはいけないと思い直したのか、急に真面目になっていった。

「今朝早く、そうだ四時過ぎだよ。安藤社長が来てさ。あの、犬を貰う話だけど、申しわけないが何とか、この話、なかったことにしてもらえないかってね」

「断って来たんですか」

私はシロを捕えていた手を放して立ち上った。

「それがね、オレが、この間の話、片田さんのタマシイが来た話、あの日の帰りに安藤社長のところへ寄ってね、話したのさ。したらその晩から心配で、怖くって眠れなくなったんだと」

「心配？　何が心配で？」

「片田さんのタマシイが、もし犬に憑《つ》いていたらどうしよう、ってね。心配もするけど、とにかく怖がりなんだ。話聞いた晩から怖くて眠れなくて、気ィ紛らすためにスズムシ、籠に入れて、枕許に置いて寝たんだと。スズムシは夜通しリンリン啼くもんだから、それがやかましくて、奥さんは眠れないんだと。夫婦して睡眠不足して、どうしようもないんで、今から断ること出来ないもんか、どうだろうってね、奥さんと二人で来たもんだからね」

　そして小野さんは、

「どうにもこうにも優しい性質の人でね。顔はいかついんだが、キモっ玉はメダカの心臓なんだ」

　と弁解するようにつけ加えた。

　私たちはまた、シロとクマの行く先を捜さなければならなくなった。私は人さえみれば、犬はいらないか、貰う人はいないかといった。犬が片づかなければば、東京へ帰るに帰れないのである。

殴りながら洗い上げたシロが、またもとの鼠色に汚れた頃、小野さんは次の貰い手を見つけて来てくれた。そしてクマは吉田さんという牧場へ、シロは柿沼さんという、これもやはり牧場へ貰われて行くことになった。

いつか九月も過ぎて、風はすっかり冷たくなった。夏の間、西の山の端に沈んでいた夕陽は、山を外れて海に沈むようになった。晴れた日がつづき、火の玉のような、怖ろしいほど赤く大きな夕陽が、釣瓶《つるべ》落しに海に沈み、日が暮れるのが早くなった。

そんな夕暮、薄墨色の冷たい風が吹く中を、シロが貰われて行った。柿沼さんの白いワゴンの中に入れられ、後ろ窓に前脚を掛けて、無言でこっちを見ながら、門を出、坂を下って行った。だんだん濃くなる夕闇の中で、遠ざかって行くワゴンの後窓に、シロの白い顔がポッチリ、いつまでも見えていた。

クマが貰われて行ったのはその三日後である。それもやはり夕方のことだった。吉田さんは夫婦と中学生の一人娘の三人暮しである。その家族三人がやはり白いワゴンに乗ってクマを受け取りに来た。シロがいなくなってから急におとなしくなっていたクマを、吉田さんに手渡そうとして私が抱き抱えると、私の手の下でクマの心臓は早鐘のように打っていた。

私と娘はテラスに立って、クマの乗った車が遠ざかって行くのを見送った。クマの黒い顔はシロとちがって、あっという間に夕闇に紛れて、どこにいるのかもう見えない。

娘は涙を流し、私は後悔と呵責《かしゃく》に胸を噛まれて、思わず大きな吐息を洩らしてしまった。家の中へ入ると、居間が急に広く明るく感じられた。

「やれやれ、これでやっと片づいた……さあ、東京へ帰ろう！」

その大声はガランとした居間に、虚勢のように響いたのである。

そうして夏は終った。

私と娘は前庭でシロとクマが噛んだスリッパやつっかけや縫いぐるみの人形

などを焼いた。

シロ、どうしてるかなあ……クマ、どうしてるかなあ……暇さえあれば娘はいった。その度に私は、

「元気にしてるわよ。うちにいて、ママに怒鳴られてるよか、よっぽど倖せにしてるわ」

といった。

「ああ、もうイヤだ。仔犬はイヤだ。人にあげなきゃならないなんて、もうイヤだ」

そういう娘を「しつこい」といって、私は怒った。

十月、私たちは東京へ帰って来た。往きと違って、飛行機代は二匹分安い。それがせめてもの慰めだ、と私は思うことにした。しかし、留守中、犬の餌のために家政婦を雇わなければならなかった出費を思い出した。しかしまあ、とにもかくにもこれで一段落ついたのだ。そのことが私を、いくらか湯上りのよ

うな気分にしていた。

羽田空港からのタクシーは、夕刻の混雑の中を一時間かかって漸く門前に到着した。私はハンドバッグから鍵を出して、門の脇のくぐり戸を開けた。そこは勝手口に通じる出入口で、大きくなり過ぎた八ツ手が葉を広げている、いつものタロの居場所である。チビが子を産むために、一時、南の庭へ行くことを許されていたタロは、シロとクマが生れると、またもとの八ツ手の下に戻らされていた。タロは時々、好奇心に駆られてか、そっと南の庭に出て来て仔犬に近づいて行く。するとすかさずチビが走って来て牙を剝き出して威嚇《いかく》し、タロは北の庭へと追い払われていたのだ。

「ただいま、タロ」

と私はいったが、タロの姿はない。勝手口から入って、居間へ行った。家政婦さんが早目に餌をやってもう帰ってしまったらしい。

「チビ!」

と呼ぼうとして私はテラスへ出るガラス戸の前に立った。

夕焼雲が薄赤い夕暮の庭にチビがいた。チビの隣にタロが立っていた。チビはタロの横腹を優しくなめていた。二匹とも、私を見た。だがいつものように喜んで走って来ようとはしなかった。チビはタロにお尻を向け、タロは私を無視してその腰に乗りかかった。思わず私は叫んでいた。

「こらーッ、何してるッ!」

疲れがどっと出た。

それから日が経って、十二月、チビは子を産んだ。今度は四匹だった。三匹は茶色で一匹は白だった。

「こうしていればどんどん増えますよ」

手伝いのおばさんは、ざまあみろ、といわんばかりにいった。

「そのうちに犬屋敷になってしまう。この家は……」

その夜、私は年賀状書きをした。小野さんに宛ててこう書いた。

「明けましておめでとうございます。去年の夏はいろいろ、お世話さまでございました。クマとシロは元気にしておりますか。娘はシロとクマのことをいっては涙ぐんでいます……」

私は最後にこう書いた。

「ところで、うちの親犬がまた子供を産みました。来年の夏、連れて行きますから、貰って下さる方、また捜しておいて下さい。仔犬は四匹です」

「四匹！」

と叫ぶ小野さんの声が聞こえるようだった。四匹の仔犬のうち、二匹がメスで二匹がオスである。もし貰い手がないまま日が経てばいったいどうなって行くか！

私はまた書き足した。

「どうか、どうか、どうかよろしくお願いします」

タロはまた北の庭の八ツ手の下に戻っている。チリ紙交換が通ると一緒になって吠えるのが、今は唯一の楽しみのようである。

怪談石切《いしきり》が原

1

石切が原の飯場の男たちが、晩飯の後、ゴザの上に車座になって酒を飲んでいると、西側の出入口の外にある手押ポンプが、突然、ギーコ、ガチャン、ギーコ、ガチャンと音を立てはじめたということです。

「何でぇ?」

と組長の大木戸が出入口の方へ顔を向け、

「誰でィ? 水汲んでいる奴は……」

ガヤガヤと酒を飲んでいた男たちは静かになって、大木戸と同じように出入口の方へ顔を向けます。と、

ギーコ　ガチャン

ギーコ　ガチャン
確かに誰かがポンプを押している。

ジャアジャアと水が流れ出る音も聞えます。

「誰でィ?」

大木戸がまたいい、男たちは互いに顔を見合せました。その飯場にいる男たちは、大木戸を入れて九人いました。男たちは顔を見合い、全員が一人も欠けずに揃っていることを確かめ、

「揃ってるぞ」

「みな、いるぞ」

口々にいいました。大木戸は顎《あご》で一人一人を数え、それからもう一度、今度は人さし指で一人ずつ指さしながら、

「ひい、ふう、みい、よお、いつ、むう、なな、やあ」

と丁寧に数え、最後に自分の鼻の頭を押えて、

「ここのつ——」

そういってから、一同を見廻し、

「いる——九人」

そう呟いて、急に怯《おび》えた顔になりました。男たちが石切が原のその飯場へ来たのは、その十日ほど前のことでした。そこはT町の西の外れの集落から、八キロばかり奥へ入った日高山脈の麓の火山灰地です。ところどころ灌木がうずくまっているほかには樹木らしいものは何もない、ただダーッとひろがっているだけの野ッ原です。

この広大な土地を何とか有効に使おうとして、今まで、色んな試みがなされましたが、結局、どれも失敗でした。営林署が緑化を試みた事もありましたし、また東京の建設会社が土地ブームの頃に別荘地として売り出す目論見《もくろみ》を立てて下見に来た事もあるということです。しかし、何の起伏もないこの原野の殺風景さに呆れて、見ただけで手を引いてしまいました。町長は農業の専門家と相談して、唐キビ畑にしようとしましたがそれも失敗しました。ところどころ、禿げまだらに雑草の生えている、うす黒い陰気な荒い土がつづいているだけの原っぱです。

この飯場が建ったのは、ここに大規模な養豚場を作ろうという男が関西の方からやって来たからでした。その工事を請負ったのは、安本建設という小さな土建会社です。何ぶんにもそこは火山灰地ですから、地盤沈下を防ぐためにまず土入れをして土台を固めなければなりません。

それは安本建設にとっては儲けは薄くとも久々の仕事だったので、社長の安本は、はりきって労働者をかき集め、初夏が来て大地のゆるむのを待って仕事にとりかかったのでした。

広い広い野ッ原に、もとは何の木だったかわからぬ灰色の枯れ木が一本、ヌウと立っています。そのそばに古びた手押ポンプがついている井戸があります。その井戸は誰がいつ掘ったものか、錆びついている手押ポンプを無理に押すと、ギイギイいいながらも、そのうちに水が出て来たので、組長の大木戸は喜んで、その井戸に飯場の出入口を向けるように小屋を建てました。

その手押ポンプを今、しきりに動かす者がいるのです。

「誰でィ?」

と大木戸は又、いいました。

「見てこい、大阪——」

「大阪」は、大阪から来た男なのでそう呼ばれている中年男です。

「へえ」

と気軽に出入口のすりガラスのはまっている板戸を開けて頭を出し、

「けったいやなァ」

独り言のようにいって、外へ出て行きましたが、すぐ戻って来て、

「おりよらんワ、誰も」

「おらんワってことはねえだろ。よく探して来い!」

「へえ」

といって又出て行きます。

「津村が帰って来たんだろうか」

いいながらキタノウミ（に似ているのでその名で呼ばれている）が立って行くので、

「津村が帰って来るわけねえ」

大木戸はいらいらして怒鳴りつけました。

ここへ来ると決まった日に、キタノウミのかみさんは、津村という組の若い二枚目と駈け落ちしてどこかへ行ってしまったのです。

「なんだって津村が帰って来たりするんだ、はんかくせえことというな」

大木戸に叱られるとキタノウミのキタはあっさり意見を引っ込めて、

「そんならきっと町から誰か来たんだ」

「町からァ？」

大木戸はいよいよアタマに来た、という声を出しました。

「バカヤロウ！　今頃、町から誰が来るんだ！　今、何時だと思ってる！」

「十一時」

東大が答えました。「東大」は、もと東大生だったのですが、大学で学ぶことに疑問を感じて、大学をやめてここへ来たといっています。しかし、本人がそういっているだけで飯場の連中は誰もそれを信じてはいません。

東大は大阪の後を追って飯場を出て行きましたが、やがて、

「おい、見ろ、濡れてるよ！」

ポンプのところでそういう声が飯場の中まで聞えてきました。

「やっぱり誰かが水を出したんだァ！」

「誰や、出した奴は」

それから、

「おーい、誰かいるのかァ」

と、東大が大声で呼ばわる声が流れました。それにつづいて、

「お佐和かァ？」

「お佐和かァ？」

キタノウミが呼ぶ。お佐和は駈け落ちをしたキタノウミのかみさんの名前です。

それを聞いて大木戸はアグラのまま茶碗に注いだ酒をぐっとあおって、目をむき、

「バカヤロウ！　たとえお佐和が来たとしてもだ、こんな時間になぜポンプを押して隠れなきゃなんねえんだ！」

と飯場から怒鳴り返します。

「おい、みんなで見てこい！」

男たちが出ていくと大木戸は大きな目をギョロつかせて、茶碗酒を片手に凝然とこわばっていました。誰にもいってはいなかったのですが、三日前の夜半、

大木戸は、手押ポンプがひとりで動き、水がザアザア流れている音を聞いたのです。その時大木戸は戸を開けて見に行きました。

しかし、そこには何の影もなく、ただ、満月の清らかな光が野ッ原に満ち、その水底のような光の中に、手押ポンプは何ごともなかったように佇んでいたといいます。

2

それから何日か経ちました。朝から雨が降り、男たちは昼間からぶっ通しに花札バクチをやっていました。夜に入って雨がやみ、風が出て来て飯場の屋根の上を吹き過ぎて行きます。いかにも寂しい夜です。花札が一勝負ついて、何となく一座がシーンとしたとき、

ギーコ　ガチャン

ギーコ　ガチャン
ギーコ　ガチャン
「おい」

と一人の男がいい、みんなは顔を見合せました。

「聞えるか」

「聞える」

大木戸は本社に送る報告書を書いていました。

「皆《みんな》、揃っているな」

大木戸はペンの先を男たちに向けて、

「ひい、ふう、みい、よお、いつ、むう、なな、やあ」

大木戸はいいました。

「いる——みな揃ってる」

そういったとき、いつも強そうな大木戸のギョロリと大きな眼と厚い唇は引きつっていたそうです。

その時、東大がす早く立ち上ってゴム草履《ぞうり》をつっかけました。その時もまだ、

ギーコ　ガチャン

ギーコ　ガチャン

音はつづいています。東大は戸を開け、そして呼びました。

「誰だ――」

気がつくと音ははたとやんでいます。男たちはシンとして顔を見合せました。

「確かに聞えたよなあ？」

「うん聞えた――」

「ジャア、ジャアと水が出る音も聞えたぞ、な？」

「たしかだ。間違いねえ」

それから誰もモノをいわなくなりました。

「悪質ないたずらだ」

と大木戸はいってみました。しかし、それが誰かのいたずらであるとは、本当は大木戸は思っていないのでした。大木戸は本当に思っていることを口に出せなかっただけです。

「ひっとらえて、ひでえ目にあわせてやる」

大木戸は「ひでえ目」というとき、パッとツバを飛ばしました。それくらい力をこめていったのです。

「しかし、何のために、そんな厄介なことをするんだろう」

東大がいいました。

「津村のいやがらせかもしんねえ」

キタが思いつめた表情でいいました。

「いやがらせ？　何のいやがらせだよ？」

「何のいやがらせって……そりゃ、わかんねえけどよ」

「わかんねえ？　わかんねえなら、いやがらせかどうかもわかんねえ筈だ」

と東大。

「あんたがこの上、いやがらせされることはないだろ。駈け落ちされた上に、いやがらせされることは……」

「そういわれればそうだ」

キタはあっさり肯《うなず》き、

「もしかしたら、お佐和かもしんねえな」

「お佐和？　お佐和がなんで来るんだよ」

「改心して来たのかも」

「改心したんなら、さっさと入ってくりゃいいじゃねえか。ガッタン、ギーコやってんのはどういうわけだ？」

「そういわれればそうだけんども」

キタは暫く考えて、

「お佐和のタマシイかもしんねえな」

「お佐和のタマシイ？　そんなら何か、お佐和は死んだってのか」

「死なねくとも、タマシイ、とんでくることあるってよ」

「なんだ、そりゃ生霊《いきりょう》か」

「後悔して、オレに会いたいと思ってるのかもしんねえな」

「お前に会いたけりゃ、さっさとここへ入って来りゃいいじゃないか。ギーコギーコ、思わせぶりなことやってねえでよ」

「お佐和はそういう女だからな」

「なに？　どういう女だって？」

「いいたいこと、素直にいえねえ女なんだ」

「バカも休み休みいえ！」

と男たちは真剣に怒りました。

その夜は男たちは怒って、酒を飲んで寝てしまったのですが、ギーコギーコはその二日後、三日後、という風につづきました。皆が揃ってると、音がはじまる。出てみると誰もいない。ポンプは鎮まるが、空耳でない証拠に、水の流れたあとがあるのです。

「これは、うちの会社を嫉《ねた》む者の仕業だな」

と大木戸は男たちに向っていいました。

「もしかしたら、この仕事をつぶそうとしているとも考えられる――」

しかしそういっている大木戸自身、少しもそれを信じてはいないのでした。どう考えてもこのちっぽけな安本建設を嫉む同業者があろうとは、誰にも思えないのです。

大木戸はとうとう、本社へこのことを報告に行くことに決めました。十キロのガタガタ道を砂利トラックでT町へ出、そこから汽車で三時間かかって本社へ行きます。本社といっても、R駅裏の、線路ぞいのラーメン屋の二階です。二坪ばかりの部屋に社長の安本がたいてい一人で古机に向っています。安本は痩せた小男で、いつも飛ぶように歩き、短気、せっかちで有名です。薄くなった髪をぺったりと七三に分けて、何を思ったのか、鼻の下にハの字（八の字ではなくハの字）の薄い髭を生やしています。

安本は予想通り、大木戸の報告を終りまで聞かぬうちに、怒り出しました。

「そりゃあ、立花の野郎に決まってる！　奴は嫉みの強い奴だからな。奴めツラの皮ひんめくってやる！」

立花建設はこの市でも五本の指に数えられる土木工事請負業者です。その立花がなぜ、安本を嫉むのか、その理由は大木戸にはわかりません。立花社長は背から腹にかけて、倶利迦羅紋紋《くりからもんもん》の刺青をほどこしているという大男で、昔はやくざの親分だったのを、足を洗って真面目になり、信望も厚く会社は栄えているのです。

安本は前からその立花を仇《かたき》のように憎んでいるのですが、その憎悪のわけが誰にもよくわからない。もしかしたら安本は立花の刺青を嫉んでいるのではないか。安本も若い頃にいたずらをして、肩から二の腕に北斗七星の刺青を入れたのですが、その星は本当は五つしかないことを、誰がいい出したのか、みんな知っているのです。

3

これから立花のところへ乗り込んで、談判してやるという安本をやっと制して、大木戸はともかく社長を飯場に連れて来ました。実は大木戸は、ポンプの音は、人間の仕業ではないのではないか、それならばどうしたらいいだろうという相談を持って社長に会いに来たのでした。

しかし、安本があまりに興奮するので、大木戸はそのことをいえずにしまったのです。

安本は痩せた肩をそびやかし、気負った道場破りといった格好で飯場へ入って来ました。

「お前ら、しょうがねえじゃないか、立花の手下にからかわれて返礼出来ねえようじゃあ……」

男たちは丁度これから晩飯というところで、飯台を囲んでいました。

「大体のことは大木戸から聞いたが、場合によってはオレは立花の野郎と決戦を辞さねえ。来るみちで覚悟は決めて来たんだ。お前らもそのつもりでいてくれよ」

男たちは呆気にとられて、ひとりはり切っている安本を見ているのでした。男たちにはポンプの音と立花建設とがどうして結びつくのか、さっぱりわかりません。

その時です。東大が、

「あ!」

声を上げて、出入口の方を指さしました。

ギーコ　ガチャン

ギーコ　ガチャン

はじまったのです。

「あれか！」

安本は音の方へ顔を向け、

「チクショウ！　オレが来てるというのに、はやばやとやりやがったな」

そう叫ぶと同時に、安本の小さな身体は驚くべき敏捷《びんしょう》さで戸口に駈け寄って、ガラガラッ、力まかせに戸を開けて飛び出していました。しかし男たちは黙ってその後を見送るだけで、誰ひとり後を追う者はありません。大木戸が申しわけのように、のそのそと戸口に近づいたとき、

「おいッ！、おいッ！」

安本のかん高くかすれた声が、聞えて来たと思うと、怒りでドス黒くなった顔が現れました。

「逃げ足の早い奴だ、もういやがらねえ」

とその時、また、
ギーコ　ガチャン
ギーコ　ガチャン
「あッ！」

安本は慌てて井戸の方へ向き直る。それから皆の方をポカーンとふり返りました。

「何だ――？」

安本はいいました。

「聞えたよな？　たしかに」

男たちは一斉に肯《うなず》きます。安本はその一人一人の顔を調べるように、順々に見ました。最後に大木戸の顔に視線を止め、

「いったい、何だってんだ……」

独り言のようにいい、事態をどう解釈すればいいのか、教えてくれというよ

うに、まじまじと大木戸を見つめたのでした。しかし、そんな安本はすぐ我に返って、

「手前《てめえ》ら、ボヤボヤしてねえで、探すんだ！　草の根分けても探し出せえ！」

かん高く叫びました。怒号すると、この男はいつも女のような悲鳴になるのです。

「探したって、いやしねんで」

大木戸は安本の興奮に当惑して、気の毒そうに目をパチパチさせ、

「だから、いったでしょう。どこにも誰もいやしねえんです」

「いねえってことがあるかッ！　皆で探すんだ！　探すんだよ！　この腰ヌケが……飯なんか食うのやめろ！」

仕方なく男たちは茶碗を下に置き、ぞろぞろと飯場から出たものの、どこをどう探せばよいのやら、北を向いても南を見ても、東も西も、ただ、だーっと平らな黒い地面が、星空の下にひろがっているだけ、目を遮《さえぎ》る物は何もないの

です。

漸《ようや》く安本はそのこと——遠くところどころにカサブタがこびりついたようにうずくまっている灌木があるほかは、人間が隠れるような遮蔽物は何もないこと——に気がつきました。

安本は飯場にもどり、不機嫌に冷えた茶をすすりました。

「わしらは考えるんですが……」

頃合を見て、大木戸が口を切りました。

「こいつは……犯人を探すよりも、神主にお祓《はら》いでもしてもらった方が」

「なんだと！……」

安本は憤怒が脳天に上って泣き声になり、

「それでもお前は二十世紀の人間か！　バカなことをマジメくさっていうでねえ！」

その怒声が鎮まるか鎮まらぬうちに、

ギーコ　ガチャン
ギーコ　ガチャン
「うぬッ！」

安本は戸口に走る。

勢いにまかせ、からからっと戸を開ける。

音ははたとやみ、さっきと同じ星空の下に、ポンプは何ごともなかったかのように鎮まっている。そばへ行くと、確かに水が流れた跡が、黒く土に染みているのです。

翌日、安本は一日中、戸口を開け放っておくよう、命令しました。戸口が開いていると、ポンプは動き出さないのです。そこは飯場の中からは死角に入っていて、たとえ戸口を開けておいても、ポンプは見えないのですが。

「ははーん」

腕組みをして考えていた安本は、肯きました。

「奴め！　見えると思ってやがんだな……」

験《ため》しに安本は戸を閉めます。

暫くするとギーコ、ガチャンがはじまります。

忍び足でそーっと戸に近づいて行って、パッと開ける。

途端に音は消える。

ポンプも止まっている。

安本が来てから、ギーコ、ガチャンは前よりも頻繁になったと男たちはいい合いました。手押ポンプは、まるで面白がって安本をからかっているようだったといいます。安本は仕事のことなどそっちのけで、朝も昼も夜も、ポンプと戦っているのでした。

4

大木戸は砂利トラックの運転手から、この井戸は三十年ほど前にこの地へ来た開拓民が掘ったものだということを聞きました。その開拓民は満洲や樺太からの引揚げ者たちでしたが、当時のこととて国からの援助も少なく、食うや食わずの苦闘の果てに、この頑固な土地に見きりをつけて四散して行きました。

開拓者の住居はいつとはなしに風雨が壊して行き、また燃料として持ち去る者もいたりして姿を失い、井戸だけが残ったのだといいます。

その開拓者の中に、ここに執着を残して死んだ女がいる。この女の霊はこの野ッ原をさまよいつづけ、人が来るとポンプを動かす――。

砂利トラの運転手は、T町の外れにある不動寺で、もと寺男をしていたという老人からそんな話を聞いて来たのでした。その老人は寺男をしているうちに、だんだんと人には見えないものが見え、ずーっと昔のわかりようもないことがわかったりするようになって来たのだといいます。

大木戸をはじめ、男たちは皆、すぐにその話を信じました。しかし、安本はそれを聞いて、今までよりももっとドス黒くなって怒りました。

「バカも休み休みいえ！　この二十世紀にそったらネゴトいっててどうなる！　アタマァたしかか！」

安本はその憤怒のほどを男たちにわからせようとするかのように、そのへんのビールやジュースの空罐を、蹴飛ばして、

「そんなら聞くが、その幽霊はなぜ姿を見せねえんだ。なぜ音だけ聞かすんだ、そこんところが納得出来ねえ。説明してもらおうじゃねえか、なぜなんだ？　え？」

そう詰め寄られると、砂利トラの運転手は閉口して、

「おら、専門家じゃねえから、よくはわからねえけど」

「よくわからねえことはいわねえ方がいいんだ！　とっとと消えろ！」

と安本は怒鳴り散らしました。

北国の六月は、朝晩はまだまだ冷え込みます。昼間でもストーブがほしい日が少なくありません。男たちはよく酒を飲むようになりました。戸口を開けていると、寒さで眠れぬ夜もあるのです。

しかし安本は寒さのために寝ないのではありませんでした。彼は一度本社へ帰っただけで、その後はずーっと飯場にいつづけました。今はもう、彼はポンプを動かす者が、立花組の手下だとは思っていませんでした。といって、寺男のじいさんの言葉を信じたわけでもありません。何が何だか、わけがわからぬままに、彼は一日中、戸を閉めたり、開けたりして、ポンプと喧嘩しているのでした。

もと寺男のじいさんはいったそうです。

「早いとこお祓いをして、この社長は引き揚げた方がいい。この人があんまり一所懸命になるものだから、霊の方も受けて立つという気になって来おる」

大木戸は心配でたまりませんでした。もしかしたら、こんなことをしているうちにポンプの女の霊は、安本にとり憑《つ》いてしまうのではないか。

それにどう考えても、この勝負、安本に勝目はないのです。悪質ないたずら電話と同じです。向うがやめる気にならない以上、延々とつづくのです。

「このポンプの女は、三十くらいの嫁《い》かず後家じゃな」

と、もと寺男はいったそうです。

「好いた男がおったんだが、戦争へ行ったきり、戻って来なんだ。それで、この開拓村へ来たんだな。おそらくは兄貴か弟か、そんなもんについて来たんだろう。それで、何かことがあって、縊《くび》れて死んだんじゃな。可哀想に、死ぬまでずーっと一人ぽっちで通した女じゃ。死んでも、誰も弔うてやらんから、淋しがっとるのだ」

そこへ飯場が建って男たちがやって来たというわけです。

「女がポンプを動かすのは、それでは男たちの気を惹いているというわけか！　パンパンが電柱の後ろから手ェ伸ばして、男の袖を引いたようにか！」

と安本はビールの空罐を蹴りました。

「今をいつだと思っているッ！」

「二十世紀で」

と大木戸はすぐさま答えます。

「二十世紀の今の世に、幽霊の何のといっていいと思うのかッ！……」

「しかし、これは、いいとか悪いとかの問題ではなくてですね、実際にこういう不思議が……」

というのをみなまでいわせず、

「だから、オレが正体を見破ってやるといってるんだッ」

怒り狂って小さい痩せた身体でピョンピョン飛び上るのです。

今は安本は、ただ、ポンプがひとりで動いて水を汲み出すさまをこの目で見たいという一念にとり憑かれているのでした。

飯場の男の数は二人減りました。戸を開けて寝れば寒いし、閉めているとポンプがギーコ、ガチャンをはじめる。寒さと気味悪さで眠れないというのが理由でした。

安本は「今どきの若い奴ら」の意気地なさを怒りましたが、その後、また二人、やめて行き、キタは風邪をひいて寝込んでしまいました。

東大は新説を出しました。

これは幽霊ではなく、宇宙人の仕業ではないか、という説です。

「二十世紀の現代としては、あり得る話だ」

と安本はこの説には穏やかに賛意を表しました。東大はもっともらしく眼鏡を押し上げていいました。

「もしかしたら、ここは宇宙船の発着所として選ばれたのではないですか」

「そうか！　それは考えられる！」

安本は身を乗り出し、

「それで？」

と東大を注目します。しかし、それで？　といわれても、東大にはその後《あと》、どんな考察も浮かばないので、

「では、そもそも、なにゆえ、宇宙人はポンプを押すのか？」

と我と我が身に問題を投げかけ、

「ん？　なぜだ？」

と乗り出した安本の前で、

「――わかりません……」

とうなだれて、

「この野郎！　なま半かなことといいやがって」

と叱られたのでした。

仕事ははかどらず、誰もがやる気をなくしたまま、少しずつ、石切が原は夏

めいて来ました。キタノウミは風邪をこじらせてT町の病院へ入り、大阪は酒を飲んでは寝てばかりいます。東大は宇宙船の研究をするために沢山の本を買い込んで来ました。

そんな中で大木戸は労務者の不足を補うために、走りまわらなければなりませんでした。今は大木戸はポンプの音のためではなく、心配で夜もおちおち眠れないのでした。彼には安本が完全にポンプにとり憑かれたとしか思えないのです。八月には大阪の養豚業者が設計者を連れて工事の捗《はかど》り具合を見に来ることになっています。なのに支払いが滞っているせいか、ポンプのためか、この数日、砂利トラがぱったり姿を見せません。

ある日、安本はどこへ行くともいわずに町へ出かけて行きました。翌日の午後、戻って来た安本は、車のトランクから何だか嵩《かさ》ばったものを出して来ました。

「何ですか、それは……」

安本はシーと目顔で大木戸に合図をし、その嵩ばったものの中に足を入れました。

安本は町の芝居小屋から灰色の石地蔵のヌイグルミを借りて来たんです。彼はその中に入って、自分をポンプと向き合う枯木の下へ置くように大木戸に命令しました。

「そんな……いくら何でも……」

そう叫んだ大木戸は安本の顔を見て、背筋が総毛立つような気がしたといいます。

「これで油断させるんだ」

石地蔵のヌイグルミの中で、安本は囁くようにいいました。

「どんなことがあろうとも絶対、話しかけてはならんぞ、さあ、運んでくれ」

大木戸は井戸と向き合う枯木の横に石地蔵の安本を立たせ、その前に水を入れたカケ茶碗を置いて、思わず手を合せたといいます。

「南無妙法蓮華経、南無妙法蓮華経」

そのとき石切が原には西日がいっぱいに射し、ヌイグルミの石地蔵はその陽を受けて赤ぐろく染っていたといいます。ヌイグルミの石地蔵はよだれかけをしていたそうです。ぽっかり開いた目の穴の奥から、安本のつぶらな、真面目そのものの目が覗いていたといいます。

後にその話をした大木戸は、あの時急に湧き起って来たもの悲しさ、せつなさのようなもの、そして優しい気持、あれは何だったのだろう、としきりに考えていました。

「それがですな」

と大木戸はいいました。

「その石地蔵のヌイグルミは、そう大きいものじゃねえんです。それが、ぴったり、社長の身に合ってたですよ。もしかしたら、それが、何となく……なぜといわれると困るんだが……何となく、せつなかったのかもしれませんな」

安本は夜通し、そうして頑張ったそうです。翌朝、石地蔵はぶっ倒れていて、社長は病院へ担ぎ込まれたそうです。間もなく飯場は畳まれました。安本建設は倒産したのです。

安本社長は借金の山を背負って気がヘンになっていたのだという人もいれば、あれは借金とりから逃げる手段だったという人もいるそうです。けれども大木戸だけは真面目に、安本社長はポンプの女にとり殺されかけたのだと信じているのでした。

そうそう、最後の夜、大木戸はひと晩中耳をすましていましたが、ギーコ、ガチャンは一度も聞えて来なかったそうです。

飯場がなくなってしまった今は、もとの静けさの中に、ポツンとあの手押ポンプは鎮まっているのでしょうか。

岸岳城《きしたけじょう》奮戦記

1

去年の暮れから二月にかけて、私は四十日余りを九州唐津で過した。

そんなに長く唐津に滞在したのは、気学の権威T先生の勧めによるものである。というのも去年、私は北海道で盗難に遭い、数十万円の損失を蒙《こうむ》ったのであったが、帰京後、そのことを聞いたT先生は、驚愕してこういわれたのである。

「知らないということは恐ろしいことですねえ！　聞いただけで背筋が寒くなります！」

なぜかというと、五黄土星とやらの星を持つ私が四緑木星の年に北へ向ったということは、「五黄殺と本命殺を冒《おか》した」ということになるそうで、これは怪我をするなんてものじゃない、命を失っても不思議ではないくらいの暴挙なのだそうである。

「お金を数十万盗られたくらいですんだのは安いと思った方がよろしい」

といわれると、元来が単純な人間であるから、

「よかった、よかった」

と嬉しくなって、

「泥棒さん、ありがとう」

といいたくなったりした。だがよく聞くと数十万盗られただけですべてがスミになったわけではなかったのだ。北の方角で被《こうむ》った悪運の気を払い浄めるために、よい方角へ行かなければならない。その方角は西南であるという。

「北海道には何日いましたか?」

「一カ月余りですが」

「えっ、一カ月も！　そんなにいたんですか。それだったら、西南に少なくと

も四十五日は行っていなければなりませんね」

これを「方違《かたたが》え」というのだそうだ。

私は唐津の方面へ行くことに決めた。唐津は私の好きな町のひとつで、今までに数度、ここで正月を迎えている。京都か山口あたりでもいいんですよ、といわれたが、たまたま唐津に隣接する浜玉町という小さな町に、私の読者として知り合った下尾さんという婦人がいる。その下尾さんの世話で、暮れの二十八日から二月の中旬まで「魚半《うおはん》」という割烹《かっぽう》旅館に世話になることに決めたのであった。

魚半は海岸に面した静かな旅館である。夏は海水浴の客で賑わうのであろうが、今は宿泊客は少ない。海は実に穏かである。窓の前の白砂に朝も昼も夕方も同じ静けさでさざ波が打ち寄せている。遠くのり篊《ひび》が見える。かもめの群が舞っている。中の何羽かが、のり篊に羽を休めている光景ものどかである。

申し分のない気持で私は炬燵《こたつ》からその景色を眺めている。訪問客も来ず、電話もかかって来ない。本を読んだり、原稿を書いたり、散歩に出たりして気ままに暮している。退屈するとバスに乗って唐津の町まで出かけた。東京では滅多に喫茶店に入ることもないのが、ひとりでふらりと入ってコーヒーを飲んだりするのも心楽しい。

そんなある日、丁度ほかにお客さんもなくて暇だというので、節子さんという仲居さんと、前々から話題にしていた岸岳城址《じょうし》へ行ってみましょう、ということになった。岸岳城址はこの辺では「岸岳末孫のたたり」がある地として有名である。

岸岳城の城主波多三河守親《ちかし》は豊臣秀吉の怒りを買い、遠く関東へ流罪になって死んだ大名である。突然主君を失った家臣は秀吉を怨み、主君の後を追って切腹した。

「彼らは時と所を問わず、城中、茶園の平など、いたる所で無念の最期を遂げたといい、その鮮血は地中深く染み通り、怨みの一念は未だに消えずして迷っているという」

と郷土史研究家山崎猛夫の著書『岸岳城盛衰記』にある。

彼らの怨みの霊魂は、この世に止《とど》まって苦衷を訴え成仏を願う。その訴えの性急で手荒なことは、例えば畑の中の石を邪魔っけだと思って投げ捨てると、忽ち難病にかかった。よく調べてみると、それは波多氏一族の墳墓の石であったとか、これは漬物石に丁度よろしい、とばかりに持って帰ってタクワン漬の重しに使うと奇病にあって死んだ。これまた調べると墳墓の五輪塔の石であったとか、岸岳城址から採って来た樹を植えたところ、一家死に絶えたとか、石一個、木一本ででもすぐに大さわぎになる。

知らずにやったことだから、あわてて祈禱師や坊さんを呼んで供養をすると、医者も見放していた病人がけろりと治ったりする。しかし中にはどんなにお詫びをしても許してくれないしつこい霊もいて、そんな霊にたたられた一家は、徹底的に苦しめられたというのである。

2

そもそも波多三河守親が秀吉の逆鱗にふれたその理由は、秀吉が三国制覇の野望に燃えて朝鮮侵攻を企てた時にはじまる。秀吉は朝鮮侵攻の大本営設置の場所を物色した結果、波多三河守の領内にある肥前名護屋に決定した。

しかしそれを聞いた三河守は、名護屋は狭く、島も多く、派兵のための大軍を置くには不適当です、と反対意見を述べたので、秀吉は烈火の如くに怒ったという。三河守の意見は黙殺されて、名護屋に城が築かれることに決まった。

秀吉は諸大名に名護屋集結の命令を下したので大名たちは続々と名護屋に向って集って来た。やがて秀吉も西下して来る。九州の諸大名は打揃って博多まで出迎えに出たが、波多三河守はなぜか遅参してまたもや秀吉を怒らせた。

前に余計な意見をいって不興を買っているのだから、今度はいの一番に伺候《しこう》してご機嫌をとっておけばよさそうなものを、遅れて来るとはいったいどういう考えなのか。三河守という人、頑固一徹、権力に屈せぬ剛毅の人物なのか、それとも世間知らずの野暮てんなのか。鍋島加賀守が三河守のために一心にとりなしたが、秀吉は機嫌をそこねたまま、三河守に一言の言葉も与えなかったといわれている。

さていよいよ、諸大名は朝鮮に向って出陣した。波多三河守は二千人の兵を引き連れて朝鮮へ渡った。三河守の属している第二軍は釜山浦に上陸して以来、破竹の勢いで朝鮮南部を侵し、京城に入った。しかし、第二軍に属している三河守の軍はその中にはいなかった。彼の軍は熊川《コムガイ》という所に止まっていたのだ。朝鮮に上陸したものの彼は北進せず、朝鮮海峡沿岸を守っていたのである。

最初は反対意見、二度目は遅参、三度目は戦わず。これでは、とことん秀吉に抵抗していると思われても仕方がないように思われるが、「相知《おうち》町史」によると、熊川に止まっていたのは次のような理由だったというのである。

「三河守は熊川へ行くのが一番よい航路であることを知っていたので熊川へ上陸した。そのため鍋島軍との連絡がとれなくなったことがすべての原因である。熊川は我が軍の内地と朝鮮を結ぶ唯一の兵站《へいたん》基地で、敵は常にここを狙っており、ここが敵に占領されたら外征軍はひとたまりもなくやられてしまう。三河守は熊川を死守し、わが輸送路を確保するためあえて鍋島軍を追って北上しなかったのである」と。

だから、「熊川に隠れていた臆病者」なんぞではない、というのである。しかも彼は酷寒の中、二千の兵をもって、二万の敵兵に囲まれ、孤立無援のまま悪戦苦闘していたのだという。その時、秀吉の使者が名護屋から陣中慰問として渡鮮し、諸将に引出物を贈ったのだが、この時、三河守は激戦の最中で、秀吉の使者と会えず、使者は三河守への引出物はそのまま名護屋へ持ち帰り、その旨を秀吉に報告した。

いったいこの人どこまで不運な人なのか。彼の留守宅では彼の美貌の妻、秀の前に秀吉が横恋慕して、夫の留守をいいことに名護屋城へ呼び寄せ、くどいたのかどうか、そのへんのことはつまびらかでないが、とにかく、夜になっても下城を許さない。翌朝になって「三河守には陰謀があると聞いている。その申し開きをせよ。それをするまでは帰さぬ」という難題を持ちかけられた。その時、秀の前は守刀を懐《ふところ》にしていたのだが、秀吉の前でうっかりそれを落してしまい、秀吉は憤って謹慎を命じた、という話もある。

まさに三河守夫婦は踏んだり蹴ったりの目に遭わされたわけで、次から次へのこの不運、三河守夫婦も何かのたたりを受けていたのではないかと思われるほどである。

ところで秀吉は朝鮮軍のあまりの頑強さに、この戦いが失敗であったことを悟って軍を引き揚げることにした。在鮮の将兵は逐次、帰国の途についたのだったが、三河守はそれを知らず、停戦の後半年経ってもまだ戦っていた。漸く停戦を知ったのは、講話が成って十カ月目である。だが三河守の不幸はまだ終らなかった。帰国の準備整い、名護屋港に向って帰って来た彼を待っていたのは、秀吉の命を受けた黒田長政である。

「三河守は名護屋に上陸するべからず。領地はすべて没収し、身柄は徳川家康に預ける」

あわれ、三河守は故郷の土を踏めぬままに常州筑波山の麓に配流《はいる》された。供《とも》侍《ざむらい》は下郎二人を加えた三人のみであった。

3

私たちの車は何度も道に迷いながら、漸く岸岳の麓に着いた。そこには新しい尼寺が建立中で、三十三カ所めぐりのお札所になっているが、その一劃《いっかく》にはお地蔵さまだけでも二、三十体はあるだろうか。いずれも新しく、崖の岩壁に刻まれた不動明王には極彩色に色づけがされ、新興住宅地といった趣の、何だか落ちつきの悪いお札所である。

ここの尼さんは、夢に鎧冑《よろいかぶと》の武者が数回現れるのを見て祈禱師に相談したところ、岸岳の怨霊《おんりょう》があなたに成仏させてもらいたがっているのだといわれ、使命感に駆《か》られて夫と別れて出家したのだそうである。そんな話を聞きながら、細い滝の傍から山道を登る。岸岳城は山城である。どれくらい登れば城址にいきつくのかわからないが、とにかく登る。赤土の細い道はやがて朽葉に埋もれ、両側に林立する木立は天を覆ってはや日は暮れたかのようである。

しかし私の足どりは軽く、相当の急坂も休むことなくひと思いに駆け上る。

「大丈夫ですか、そこ、気をつけて下さいよ」

節子さんと、同行したやはり仲居のけい子さんがかわるがわる心を配ってくれるが、私は二十年も若返ったような気持で、

「これくらいどうということはないのよ。何しろ、私たちの年代は鍛えていますからね。もしここにうちの娘がいたら、一番先にへバっているわよ」

「ほんとにねえ。私らは小学校の遠足でここまで歩いたんですから」

「今なら登り口までバスで来るのね」

「あすこまでバスで来たって、ここを登れるかどうか……」

「日本の子供も情けないことになったもんだわねえ」

「二宮金次郎は柴を背負ってこういう道を勉強しながら歩いたんでしょうからね」

といい調子である。

暫く歩いて漸《ようや》く視界が開けた。片側は杉木立で、片側は目の下に蜜柑《みかん》畑がひろがっている。少し行ってふり返ると、重畳する山々の向う、細かな家並のかたまりの上に玄界の海が白く輝き、そこに浮かぶ島々が望見される。

怪《みち》はなおも上るが、やがて枯草に覆われた急な斜面が冬陽の中に立ちはだかっているのにぶつかる。おそらくはその上が本丸なのであろう。しかし怪はそのあたりから枯草の中に消えて、どこからどう登って行けばいいのかわからない。

私たちは本丸へ登ることは諦めて、杉木立のところへ引き返した。

「侍屋敷跡。茶園の平」

という標識が泥に汚れて地面に落ちている。

「侍屋敷跡……ここじゃないかしら。家臣が切腹したところ……」

「そうらしいですね。あ、お茶の木……」

と節子さんがいった。

「摘んでやらないものだからこんなになってるけど、これ、お茶ですよ、ほら」

と見せる。

「茶園の名残りね。ここでお茶を作っていたのね」

茶園であったところが今は日の光も射さない杉木立になっている。誰かが茶園の跡に杉を植林したのにちがいない。杉は天に向ってみごとに伸びていて、幹には白ペンキで番号が記してある。

「あら、水草が生えてるわ」

「ほんとうだ。水もないのに水草が」

「ここには皆で一斉に切腹したその血が未だに土の中に染《し》み込んで取れないっていうから」

「わア、気味の悪いことといわないで……」

「可哀そうねえ」

私はいった。

「武士らしく戦って死んだのなら本望だろうけど、怨みを霽《は》らさずに切腹したんじゃ死んでも死にきれないわねえ……南無妙法蓮華経、南無妙法蓮華経……」

そういいつつ、私は心の中で思っている。

――全く、主君たる者はしっかりしてくれなくちゃ困るよね。権力に逆らうのもいいけれど、ほどほどにしておかないと、泣きを見るのは自分ひとりじゃないんだからねえ……家来こそいい迷惑だよ。主人がしっかりしていないばっかりに、死にたくもないのに死ななくちゃならないなんて、ホンマに、さぞや辛かったでしょうねえ……。

その時、どこからか、男の声が二声、三声、何か呼ぶのが聞えた。

「あら、誰かいる！」

「本丸に登っている人、いるんじゃないの」

「どこから登ったのかしら」

「登り道があるのなら教えてもらいたいわねえ」

「ヤッホー」

と私は手をラッパにして叫んだが、答えはない。耳を澄ましたが、もうさっきの声は聞えない。

「営林署の人かもしれないわね。ああいう人は道を知ってるから」

そんなことをいいながら帰路についた。

下りは登りよりも早い。相変らず元気いっぱい、タッタッタッと下って、間もなくもとの尼寺に着いた。

停めておいた車に乗り込み、

「ああ、キモチよかったわねぇ」

「久しぶりに歩くと、血行がよくなって元気が出るわ」

などといいながら宿へ帰って来たのであった。

4

その夜、私はいつものように零時すぎに床に入ったが、なかなか寝つけない。仕方なく電気スタンドをつけて、『岸岳城盛衰記』のつづきを読み始めた。

波多三河守は筑波山麓へ流され所領は没収されたが、それを貰ったのは秀吉の寵臣寺沢志摩守である。この寺沢志摩守は朝鮮出兵のときに、三河守が臆病風を吹かせて戦わずに逃げかくれしていたと秀吉に告げ口をした男で、前々から三河守の所領上松浦をほしがっていたこと、秀吉もまた寵臣志摩守にそれを与えたくて、三河守の失策を待ちうけていた気配があったこと、朝鮮での不始末（不運）を、秀吉は小躍りしながら怒ってみせたらしいことなどを私は知った。

冬の夜は長い。更に読み進んで行くと、「茶園の平」の説明が出て来た。「岸岳城の西側、稗田側に在り、海抜約二〇〇メートルの所に在り、南北に細長い鬱蒼たる老杉《ろうさん》に覆われた昼なお暗い平地がある。ここが城の西の腰曲輪《こしくるわ》であった『茶園の平』である。

旧記によれば城内にも多くの重臣、家臣らの屋敷のあったことが記されているが、ここもその一つである。古くから城中の侍屋敷と伝えられているとともに、往時茶の栽培も行われていた所といい、現在でも多くの茶樹が自生している。城中の飲用に供していたといわれている。

またここでは岸岳城没落のさい、悲憤やるかたない多くの波多氏家臣たちが三々五々と集り来て、家老を中心に家臣一同無念の追腹を切った所と伝えられており、その怨霊は今も安らぐことを得ず低迷して、この地を荒らす者に対しては特にひどく付きまとうと伝えられている……」

読んでいるうちにとうとう夜が明けてしまった。さすがに目が疲れて四時間ばかり眠った。起きて顔を洗い、お茶を一杯飲んで炬燵に原稿用紙を広げた。その日のうちに東京に送る原稿を書かなければならないのである。書くことを考えながら原稿用紙を睨んでいるうちに、だんだん気分が悪くなって来た。何だか息苦しい。坐っているのも辛くなって来て横になった。だが横になっても息苦しさは変らない。大きな荷物でも背負わされているように、背から肩にかけてが重苦しい。

昨日の疲れだろうか。肩が凝ったのかもしれないと思い、マッサージの人を頼んだ。すぐに来てくれて一時間半ほど揉みほぐしてもらう。だがそれでもさっぱりしない。立ち上って体操をする。しかしすぐにやめる。力が抜けていて、腕が上へ上らない。無理に身体を動かすと、疲労感に縛られたようでどうにも動けなくなる。

そうこうしているところへ節子さんが夕食の時間を聞きに来た。

「今日は何だか食欲がなくて、気分が悪いのよ、節子さん――」

私はそういい、さっきから気にかかりはじめていたことを冗談めかしていった。

「昨夜からどうもへんなの。まさか、岸岳の怨霊にとり憑《つ》かれたわけじゃないだろうけど……」

すると節子さんの丸い目が、いっそう丸くパッチリ開いた。

「先生もですか！」

節子さんはいった。

「私も昨夜、とっても気分が悪かったんです。昨日茶園の平へ行きましたでしょう。あの時、急に右の耳がガーンと殴られたみたいに鳴って、それが夜中までとれなかったんです。あんまりキモチ悪いので夜中に般若心経を上げましたら、すーっととれたんですけど……」

私は節子さんを見つめて絶句した。

「私の知っている人で、こういうことに力のある人がおられます。女の人ですけれど、その人に訊いてみましょうか」

節子さんはそういって、部屋を出て行ったが、暫くすると上って来ていった。

「先生、やっぱり憑いていますって……」

「えっ?」

と私はいったきりだ。

「よく見える方なんですよ。あんたにも憑いてたけど、あんたは自分で落しましたねっていいなさって。そして先生には何体も憑いておられますと……」

「何体も……」

背中が総毛立った。

「それじゃあ、やっぱり岸岳の？」

「そうやないでしょうか。侍が憑いておられるっていっとられますから……。

そういえば先生、あのお札所に滝がありましたでしょう」

「ああ、登り口の近くね」

「あすこで先生が滝の水を手に受けて飲まれましたわね」

「ええ、あんまり細くて綺麗な水だったから」

「私も先生の後をついて行ったんですけどね……」

そういって節子さんは、怖そうな目になった。

「先生の立っておられた右手の崖の途中に、何やらぼーっと立っているものが見えたんで、私、怖くなって逃げたんです」

そういえばあの時、私につづいて滝への飛び石を踏みかけた節子さんが、急に引き返したことを覚えている。

その時、ぼーっと立っていたもの、それが今、私に憑いている侍だったのだろうか？　なんでそれをいってくれなかった。そんなこととはつゆ知らぬ私は上機嫌で滝の水を受けて飲み、

「ああ、冷たい……ああ、おいしい……身体の底まで浄《きよ》められるようだわ」

などと大声で叫んで上機嫌のあまり、両手を合わせて拝んだりしたのだ。

幽霊の方にしてみれば、何だか元気のいいばあさんが来たと思ったら、自分の方へ向って拝んだりしている。そんなら、という気で、ひょいととり憑いたのかもしれない。

「してみると、私にとり憑いているのは、茶園の平のではなくて、そやつね」

節子さんは首をかしげて、

「けど何体も憑いておられる、ということでしたから……」

茶園の平のもいるというのか！

霊が人に憑く時は、後ろから両肩に手を掛けてつかまっているのだという。だが「何体も」ということになると、どういう格好になっているのだろう。まず一人の幽霊が肩におぶさり、その幽霊に別の幽霊がおんぶし、その上に更にまた別の幽霊が、重ね餅のように重なっているというのか。

それじゃあ心臓の具合も悪くなろうというものだ。思わず私は身体をゆすって幽霊共をふるい落そうとしたが、そうすると、いっそう気分が鬱屈し、地底に引きずり込まれるような暗い疲労感に押しつぶされたのであった。

5

節子さんの知り合いだという霊能者は小林さんという。小林さんは農家の奥さんで、昼のうちは畑に出て働いている。もとは平凡な農婦であったのが、ある日突然、畑仕事をしているとお経が口をついて出て来た。その時以来、通常人には見えないものが見えるようになったのだそうである。

こういう特殊の能力は、神さまが特に選んでその人にお与えになったものである。だからそれを金儲けの道具にしたり、私利私欲のために使ってはならない。あまりそういうことをしていると、やがて神はその力をお取り上げになるという。その力は人を助け、信仰心を目醒めさせるために使うべきものなのだ――いつだったか、何かの本でそういうことを読んだか、誰かに聞いたかしたことが、今、記憶に蘇って来た。

そういう点から考えると、昼は畑仕事に精出しているという小林さんは、神の心に叶うまことの霊能者なのだと私は確信したのであった。

私は節子さんに頼んで小林さんの家へ行くことにした。夕飯を食べたのか食べなかったのかもよく憶えていない。夜道をタクシーを走らせた。小林さんは骨格のしっかりした、いかにも働き者の農婦といった様子の、色の浅黒い中年婦人である。

早速に祭壇に御灯明を灯《とも》し、線香を立ててお経が始った。一時間、いやもっと長かったかもしれない。私はシビレのきれるのも忘れてひたすら低頭してお経を受け、オンブしている霊が飛び去ってくれるのを念じていた。暫くすると小林さんは私の後ろへ廻って来て、お経を唱えつつ錫杖《しゃくじょう》で背中を叩いた。力を籠めて何度も叩く。痛い筈が、少しも痛くない。

「もっと！　もっと！」

という気持である。叩かれているのは私ではなく、幽霊であると思えば叩かれながら痛快である。

やがてお経は終った。小林さんは汗を拭きながら、

「もうこれで大丈夫だと思いますが」

「そうですか。有難うございました」

ほっとして宿へ帰って来た。

昨夜は四時間ほどしか寝ていない。今夜はゆっくりお休み下さい、と節子さ

んにいわれて床に就いた。

それにしても、理屈に合わない話ではないか。『岸岳城盛衰記』に山崎氏は書いておられる。

「――その怨霊は今も安らぐことを得ず低迷して、この地を荒らす者に対しては特にひどく付きまとうと伝えられている」と。

しかし私は茶園の平に行きはしたが、その地を荒らした覚えはない。私は怨みを呑んで割腹しなければならなかった家臣たちに同情しこそすれ、怒られるようなことは何もしていない。石コロひとつ持ち帰ってはいない。

「可哀そうねえ」

と同情し、お題目まで唱えたではないか。

にもかかわらず、その私にとり憑くとは理不尽な。

私は思い出した。あの茶園の平での怪しい男の声を。何といって叫んだのかはわからないが、二声、三声、本丸の方から声が聞えて来た。私はそれに向っ

て、

「ヤッホー」

と応えたのだ。

もしかしたらあの「ヤッホー」がいけなかったのか？　それで向うは「お友達」だと思ったのかもしれない。

「もう大丈夫です」

と小林さんにいわれたので、私はくつろいだ気持で床に入った。昨夜は殆ど眠っていないから、今夜は熟睡出来ると思っている。

ところがまた眠れないのである。オンブしている者どもはもういないはずなのに。

これはきっと興奮したせいだ、と思うことにした。幽霊の理不尽さに腹を立ててもしようがないのだ。何も考えずに眠ろう——そう思って寝返りをうつ。

そのうちに心臓がおかしくなって来た。少しずつ動悸が強くなって行く。理由のわからない不安感が襲って来て、思わずガバと起き上る。部屋の中をうろうろ歩く。夜はまだ明けないかと、時計ばかり見る。一時、二時、三時——何度もカーテンを開けて外を見る。

海はまだ暗い。水平線は暁の気配もなく、黒い空に星が輝いている。まだか、朝は。まだか。

どうしよう、どうしよう、と思う。カーテンを開けたり閉めたり。息苦しさは酷《ひど》くなる一方だ。部屋の天井のへんで、バチッ、バチッと原因不明の物音がする。コトコトという音も聞える。

——いったい何だというのだ。理不尽に憑いて来たやつを怒りもせず、成仏させてやろうとお経を上げてもらいに走ってやったではないか！　その真情をも感謝せず、しつこいぞ！

そう怒号したいが、大声を出す力もなく、ブツクサ、心の中で呟くばかりである。

その時、以前、美輪明宏さんから聞いていたことが思い出されて来た。それは霊に憑かれた時は、塩を撒いて線香を立て、一心不乱にお題目を上げていると鎮まる、ということである。しかもお題目を上げる時は背中を真っ直ぐに伸ばして大音声《おんじょう》、叱りつけるように唱えるのだという。

「つまり怒ってやればいいんですね」

「そうそう。そうすれば向うのエネルギーが壊れますから。その後で今度は慈悲の心で優しく静かに唱えるんです」

「それはいい。怒号するのは得意です。私にはもってこいだわ」

そんな会話を交したことがあるのだ。

私は渾身の力をふるって起き上った。目に見えぬ者は私の気力を沮喪《そそう》させ、もはや肉体も疲労困憊である。しかしここで負けてはならぬのだ。ここで立ち上らないと、そのまま私は気が狂ってしまうだろう——。

私は私を押えつけている者を押し退けてやっと立ち上った。塩と線香は今朝、信心深い節子さんが部屋へ持って来てくれている。私はもうヤケクソで線香をひと摑み（二、三本なんてケチなことでは、とてもこの怨霊を退散させることは出来ないと思い）香炉に突っ込んでマッチで火をつけた。それから皿に盛り上げてあった塩を摑んで力委せに部屋中に撒き散らした。

「ナムミョウホウレンゲキョウ……ナムミョウホウレンゲキョウ……ナムミョウホウレンゲキョウ……」

まさに絶叫、大怒号である。一つ置いた向うの部屋にお客がいるらしかったが、そんなことはかまっちゃいられない。だいたい、こっちの部屋で私ひとり孤軍奮闘しているのに、向うはスヤスヤ寝ているなんて怪《け》しからぬ。全客、目醒めよ、とばかりに怒鳴りまくった。

「ナムミョウホウレンゲキョウッ……ナムミョウホウレンゲキョウッ……」

線香の煙は濛々と立ちのぼり、天井にぶつかって逆流して渦巻いている。その煙のために部屋の中の調度品もかすんでいる。

「ゴホン、ゴホン、ナムミョウ……ゴッフォーン、ホウレンゲキョウッ！」

いやものすごい騒ぎ、それもひとりでやっているという悲愴さである。

どれくらいそうしていたかはわからない。

ヘトヘトに疲れて声ももう出なくなり、そのまま倒れるように布団の中に入った。布団の中は撒き散らした塩でザラザラしていたが、そのまま引きずり込まれるように眠ってしまった。それが何時であったかもわからない。

洗面の水を勢いよく流す音で目が醒めた。時計を見るとまだ七時前である。

熟睡はしたが、それほど長く眠ってはいない。水の音はひとつ置いた向うの部屋から聞えてくる。

チェッ！　朝早くからザアザア水を流しやがって！　静かに流したらどうだ！

と腹が立ったが、考えてみれば、先方はナムミョウホウレンゲキョウの大怒号に驚いて跳ね起きたまま、ついに眠れなかったのかもしれない、と思い直す。間もなく廊下に足音がした。節子さんが新聞とポットを配っているにちがいない。私は大急ぎで布団から出て、ドアを開けた。

「まあ、お早いですねえ、お早う……」

ございますをいい終らぬうちに、まるで姉にでもとり縋るような気持でいっていた。

「節子さん！　まだ憑いてるらしいのよう！」

「えっ！」

節子さんは私の形相を見て忽《たちま》ち了解し、

「ダメでしたか……でも、どうしたんでしょう……」

心底心配そうな、恐ろしそうな顔になった。その顔を見ると、私は自分が幽霊になったような気がして、自分自身が怖くて総毛立ったのである。

6

私はまた、小林さんのところへ駈けつけた。

小林さんは何もいわず、厳しい顔をしてお経を上げ、錫杖で私の背中を叩いた後でこういった。

「これは……お部屋を浄めた方がいいかもしれんですね。何なら私が旅館の方へ行ってってあげましょうか」

小林さんは昼間は用があるので、それを終えてからだと夜になるという。夜だって夜中だって来てくれるならいつだっていい。とにかくお願いしますといって帰って来た。

炬燵に入ってぐったりしたまま時を過す。そうしてぐったりしたまま思った。

「――なにが方違え《かたたが》だ。なにが西南がいい、だ。なにが西南に四十五日いれば厄《やく》を消せる、だ……」

いつもなら、そう思うと憤怒がこみ上げて来て元気が出るところだが、今日はぐったりしたまま、ボヤいている。

私はT先生へ電話をかけた。

「はいはい、Tです。お早うございます。いかがですか、そちらは……」

とT先生はいつも朗らかである。

「それが……先生……もう……何から申し上げればよろしいやら……」

そういう声は、昨夜の南無妙法蓮華経の大怒号、しかも濛々たる線香の煙のおかげで、嗄《か》れ嗄《が》れである。

「どうかなさいましたか」

どうかなさいましたか、もヘッタクレもないのだ。いやもう、酷い目に遭《あ》っている。私は一部始終を説明した。そしていった。

「私、東京へ帰ろうと思うんですけど……」

「いけませんね。帰って来ては」

たちどころにT先生はいう。

いけない？　なんでだ！

「今日で何日目ですか？」

「三十二日目です」

「でしょう？　あと二週間、がんばって下さい。そうでないと、モトも子もなくなります。折角、そこまで行ったんですから、何とか辛抱して全うして下さい」

「でも、眠れないんですよう……心臓がおかしくなるんです」

「がんばって下さい。でないと、去年かぶった悪い気のために、またよくないことが起ります」

よくないことはもう起ってるよう！

しかしT先生は断乎として帰ってはならぬという。

——T先生がどんなに偉い人か知らないが、なにもそんな苦しい思いを我慢してまでいることはないだろうに、と後でこの話を聞いた人は皆いった。しかし私は帰らなかったのである。いや、帰れなかったのだ。T先生は私のためを思って一所懸命にアドヴァイスして下さっているのだ。私が早く帰ってどんな目に遭おうとも、T先生には関わりのないことである。にもかかわらず、あのように断々乎として帰ってはならぬといわれるのは、よくよく私の身の上を思って下さっているからである。そのT先生のお気持に応えずして、霊に負けてさっさと帰ることはT先生への裏切りであり、臆病風を吹かせたことになる。

私はT先生への義理から居つづけたといってもいいくらいである（それに今までに消費した時間と金をここでフイにしたくないというケチ心も半分あって）。節子さんとけい子さんは心配して、何度も様子を見に来てくれた。彼女たちは私を岸岳城址へ連れて行った責任を感じているのだ。責任を感じつつ、

「やっぱりあったんですねえ、岸岳怨霊は」

と感心している。

「三人で行ったのに先生ばっかり何体も憑いて、私はぜんぜん、何ともないなんて……」

けい子さんは頻《しき》りに恐縮する。

「先生はあすこでいわれたでしょう。武士らしく戦って死んだんなら本望やろうけど、怨みを霽《は》らさんと切腹したんじゃ死に切れんわねえって。アレがいけなかったんやないですか？」

「それで怒ったのかな」

「いや、怒ったんやのうて、同情してくれて嬉しいと思って……」

「辛い気持をわかってくれる——この人に頼ろうという気になったんやないでしょうか」

「そんな勝手な。頼られた方は心臓がヘンになって夜も眠れなくなってるんじゃないの」

「頼っていることに気がついて、成仏させてくれると思ったんですよ、きっと」

そんな独断は迷惑千万だ。第一、あの山裾には尼寺があるじゃないか。尼寺の尼さんはいったい何をしているんだ！

「頼り甲斐があるんですよ」

「そんなものありませんよ！」

という声を霊に聞かせたいと思うが、力が入らない。私はひたすら重病人が医者の往診を待っているように、小林さんが来てくれるのを待つばかりである。

私の気分が悪い、ということを洩れ聞いたのであろう。宿の奥さんが部屋へ電話をかけて来た。

「毎日、机に向ってお勉強していらっしゃるんでお疲れが出たんですよ。気晴しにこちらの部屋へおいでになりませんか。地元の人たちを呼んで、にぎやかにお話でもすれば気が晴れるでしょうから」

冗談じゃない。こっちはもうヘトヘトなのだ。「お勉強」のためなんぞじゃない。霊にとり憑かれているために、へバっているのである。しかし、そういうことを、どうして他人《ひと》が理解するだろう。これは、理解せよという方が無理なのである。目に見えぬもの、耳に聞えぬものを人は信じない。それを信じることが出来る人間は、幸か不幸か、選ばれた者だけなのである。

今は選ばれた者の仲間である節子さんだけが、私の唯一の知己《ちき》である。節子さんだけが心の底から今回の現象に驚き、信じ、同情してくれているのである。

おそらく旅館のフロントでは、

「へーえ、そんなことってホントにあるんだろうか」

「ふーん、変ってるねえ……」

「やっぱり小説なんか書くって人は、どっかおかしいんだね」

と茶飲み話にしているだろう。そうして旅館の主《あるじ》夫婦は、これは困ったことになった、妙なことをいい出す客を泊めたものだと、にがにがしく思っているのであろう。だが怒るわけにいかない。それももっともなのである。それがまた腹立たしい。

7

漸く夕方が来た。

小林さんは手に榊《さかき》の小枝を持って、こっそり部屋に現れた。こっそりというのは、宿の主人にわからぬように、という意味である。

小林さんは節子さんの手引きで、旅館の裏口からそーっと入ったのだ。もし主が知ったら不愉快に思うかもしれない、という節子さんの配慮からだ。なんだか、私は配流の武将で、節子さんは腹心の腰元という趣になって来た。小林さんはさしずめ武将救出の隠密というところか。

小林さんは部屋の一隅に榊を立て、蠟燭《ろうそく》を灯《とも》し、

「今日は、これから強い霊を成仏させに行きますので、どうかお力をお貸し下さいと神さまにお願いして来ました」

といってお経が始った。私はその後ろに神妙に坐って合掌している。

その時である。台の上の蠟燭の焰が、風もないのに（何しろ厳寒のことで部屋は閉め切っている）ゆらゆらと揺れたかと思うと、流れ星のようにすーっと尾を引いて斜《はす》かいに部屋を横切って消えた。その時、怨霊は神サマの榊に止まったのだという。

小林さんは榊を手にして立ち上ると、

「今、霊がこの榊に止まられましたから、これから近くのお地蔵さまの祠《ほこら》へ納めます。もう、これで大丈夫と思います」

そういって、再び裏口から帰って行く。

間もなく小林さんを送った節子さんが戻って来ていった。

「お地蔵さまの祠で榊を上げられましたらね、侍が出て来て、よくぞここへ連れて来て下さったと、お礼をいって、一筋、すーっと涙を流したそうですよ」

「小林さんに、それが見えたの？」

「見えたんだそうですよ」

よかったよかった、と節子さんは我がことのように喜んでくれる。

ちょうどその時、スーツケースを提げた娘が現れた。あまりの苦しさに電話で娘を呼んでおいたのが、到着したのである。

「なにやってんだよう」

開口一番、娘はいう。

「私だっていろいろ忙しいのよう。簡単に呼ばないでよ」

いつも叱られてばかりいるものだから、ここぞとばかりに威張り散らす。

他人の節子さんでさえ、このように心を砕いてくれたものを、いったいその態度は何だ。

「だいたいね、怨霊のことがわかっているのに、ノコノコ出かけるっていうのはどういう気なの」

いい気になって責め立てる。怒りたいが、そこはぐっとこらえ、

「まあ、そういいなさんな」

照れ隠しのニヤニヤ笑いでごま化す。

その夜は嘘のように熟睡した。

一夜明ければうららかな冬陽の射す日曜日である。私は晴々として湯上りの気分。昨日までの苦闘など嘘のようだ。

私は娘を誘って海岸へ出た。白砂の中の貝殻を拾う。その足もとに波が音もなく忍び寄る。

「唐津の海はいつ来ても美しいねえ」

と改めて感想を述べたりするのも、苦闘の日々を乗り越えた武将の気分なのであった。

それにしても、いったい「方違《かたたが》え」の効果はどうなったのであろうか。T先生は、

「いやいや、それでよかったのですよ。よかったのです……」

といわれるが、何がよかったのか、私にはようわからぬ。

下手をすると死ぬかもしれなかったのだと思うと、怨霊に頼られたくらいですんだのはよかった、と考えられるし、方違えをしないで東京にいれば、怨霊と巡り会うことはなかったのだ、とも考えられる。しかし東京にいれば怨霊ではなく銀行強盗のとりこになっていたかもしれず、怨霊のとりこと強盗のとりこと、どっちがいいかというと、この答えはむつかしい。

どっちへ転んでも私の人生、何かしらんことが起ることだけは間違いないようで、気学を信じるもよし、信じぬもよし、おかげでこうして原稿が書けたということは、まあ、よかったということになるのであろうか。そう考えれば何ごとがあっても、この世は面白いのである。

玄界灘《げんかいなだ》月清し

1

暮れから正月にかけて、佐賀県唐津《からつ》に隣接した浜玉町という町に四十五日滞在した後、二月十日、私は東京へ帰って来た。

家へ帰って間もなく、家事手伝いのナオ子さんが、

「この頃、なんだか家の中が、パチパチ鳴りますねえ」

といい出した。そういえば私も気がついていた。茶の間の、テレビのある一角で突然、

「パシッ!」

堅い木の枝でも折ったような、鋭い大きな音が時々する。夜、寝室で本を読んでいると、天井のあたりで、ゴトッ、パチッ、コトコトといろんな音がする。

鼠《ねずみ》がわるさをしているようでもあり、鳥が天井板を突ついているようでもある。その音は天井近くで聞えるが、はっきり天井裏というわけではない。天井に近い空間、という感じである。

ベッドはほぼ部屋の中央にあるが、音は頭の方ではなく、足の方でする。主として左（北）に寄っていることが多い。寝室につづく北側の納戸でパチパチいうこともある。

「先生がお留守の間は静かだったのに、どうしたんでしょう」

とナオ子さんはいう。

ナオ子さんはひとりで不思議がっているが、この音は私には馴染みの音だ。これはラップ音といって、霊魂が成仏せずにそこにいることを知らせている音なのである。

十年ばかり前から私はこの音と馴染みになった。この音が霊の存在を示している音であると信じる前には、そんな音を聞いたことがあったかなかったか、全く記憶がない。たとえ聞いていても、あれは柱が乾いて割れる音だと思ったり、鼠か風かと考えて気に止めなかったために記憶に残っていないのか、それとも全く耳にしたことがなかったのかもしれない。

十年前にある経験から、私はそれが霊が立てる音であることを認識している。しかしその経験については今、ここで書く紙数がない。この小説では、そういう音が私の家で起り、それが霊の立てる物音であるということ——少なくともこの私はそう信じているということ——をわかって下さればよろしいのである。

茶の間と寝室で昼も夜もラップ音は鳴っている。しかし私はたいして気にも止めず、暇な時など、その音に向って、

「うるさいね。なによ！　いいたいことがあれば、パチパチいってないで、はっきりいったらどう！」

などと受け答えをしていた。昔は旅行をするとホテルや旅館でこういう音によく悩まされ、布団《ふとん》を被《かぶ》ってマンジリともせずに夜を明かしたものだった。そ

のうちに偉大なる霊能者美輪明宏《みわあきひろ》さんに教えを乞うて、そういう霊と対戦する術《すべ》を会得《えとく》した。美輪さん曰く、

「霊は威しをかけているのじゃない。頼ってきているのですからね。成仏させてほしくて、一所懸命にここにいる、ここにいる、と教えているのだから怖いことは何もないのよ。お塩を撒《ま》いてお題目を上げてやればいいんです」

「お題目だけで成仏出来るんですか」

「出来ますよ。最初は大声一喝という感じで大声で唱えて相手のエネルギーを壊す。その後、今度は慈悲の心で静かに、説き聞かせるように、ナームミョウー、ホウレンゲキョオーとね……」

ああ、その美輪さんの慈悲の南無妙法蓮華経の声の、何と優しくあたたかな愛に満ちていたことか。私はまるで自分が成仏出来ない霊そのものになったようにうっとりして神妙になり、美輪さんのお題目を子守歌に、そのままやすらかに眠って行くようないい気持になったのであった。

以来、私はラップ音が怖くなくなった。

「南無妙法蓮華経ッ！　南無妙法蓮華経ッ！」

の大怒号で、鳴っていたやつを、イッパツで黙らせたこともある。旅先でラップ音が聞えてくると、

「おやおや、ここにいたんですか、ご機嫌よう……」

とふざけてみせたり、お題目で慰めてやったりしていたのだが、そのうちにだんだん飽きが来て、ラップ音がしても、

「ンもう、メンドクサイねえ。勝手に鳴ってろ……」

とほうっておくようになった。

だからナオ子さんはひとりで不気味がっているが、私はとりたてて関心を払わなかったのである。

そうこうしているうちに、娘が急にツアーでパリへ出発して行った。私はナオ子さんと二人である。夜になるとナオ子さんは近くのアパートへ帰るから、

私は一人になる。

パチッ！　ゴトン！　カタコトカタコト……

音のする寝室で、本を読んでは眠りに入っていた。今まで鳴らなかった音が、ここへ来て急に鳴るようになったのはなぜだろう、と考えもしなかった。こういうのを「初心を失った」というのであろうか。

そんなある夜、熟睡していた私は突然耳もとで、

「ブーッ」

と鳴ったブザーの音に目が醒めた。その音は枕元の加湿器が発したものらしい。その加湿器は冬のはじめに買ったもので、毎晩、スイッチを入れて寝ることにしているものである。それまではよく知らなかったが、あるいは容器の水が残り少なになると警告のブザーが鳴るという仕組みになっていたのだろうか。

私は半醒半睡のうちにそう思い、それから愕然としてパッチリ目が醒めた。

その夜、寝る前に私は加湿器のスイッチを入れようとして、水を入れておく

容器に、水が殆どなくなっていることに気がついた。水を階下まで汲みに行くのは寒いし面倒くさくもある。それで私はその夜は加湿器にスイッチを入れるのをやめて床に就いたのだ。

　スイッチを入れていない加湿器がなぜ、ブザーを鳴らすのだ！

　そう思ったその時、加湿器はまた次の音を立てたのである。それは「サラサラサラ」というせせらぎのような音で、加湿器が作動している時は、ときどきそういう水音が出ることを私は知っている。

　知ってはいるが、加湿器に電気は通じていない。スイッチは入っていないのである。

　私は電気スタンドを点《つ》けた。加湿器を見ると、水はない。僅か底の方に五ミリくらい残っているだけである。コンセントにコードは差し込まれていない。今は加湿器は鎮まり返っている。その横の時計は二時半を指していた。

　しかしその時、私はそれ以上、考えるのをやめて電気を消してベッドに入った。もしかしたらすべて私の錯覚かもしれない、と思ったからだ。何しろ熟睡していた最中である。そんな音を、夢の中で聞いただけかもしれないと思った。そしてそのまま、眠ってしまった。

2

翌日の夜、私はまた夜半過ぎに床に就き、三時頃は熟睡の最中《さなか》であった。と、また、

「ブーッ……」

ブザーの音だ。この夜は眠る前に加湿器の口元まで水を入れ、ちゃんとスイッチも入れてある。だから加湿器は作動しているのだが、あれだけ十分に入れておいた水がなくなるということは考えられないのである。暗がりの中で加湿器の方を見ると、渇水の印である赤ランプが点《つ》いているではないか。電気を点

ると、水はなみなみと入ったままである。洩《も》れて流れた気配はない。

おかしいな、と思いながら、しかしその時もそのまま、私は眠ってしまった。加湿器の故障だと思うことにしたのである。

翌日、私はナオ子さんに、電機商のスヤマさんを呼んで加湿器の故障を見てもらうように頼んだ。それから思い出して、ついでに電気行火《あんか》の修理もね、といった。私はベッドで電気行火を使っているが、それが三、四日前から点かなくなっている。それでベッドから出して、押入れの中にほうり込んでおいたのだ。

ナオ子さんは行火を押入れから出して来て、

「どうしたんでしょうねえ、買ったばっかりなのに」

といいながら、傍のコンセントにコードを差しこみ、スイッチを入れてみたりしていたが、

「あら、点きますよ。ほら、あったかくなって来た……」

という。手を当ててみると確かに熱い。行火は故障していたわけではなかったのだ。

私は何だか怪しい気分になって来た。念のために寝室で試してみると行火は点かない。しかし電気スタンドやラジオは点くのだ。ということは、部屋のコンセントが故障しているのではない。といって電気行火に故障箇所があるというわけでもない。

——これは……？

と思った。こういうわけのわからぬこと、道理に合わないことをやってみせるのは、霊のやつ以外にはいない。ただでさえ天井はパチパチ鳴っている時である。よし、今夜は霊めがどんな形で異変を見せるか、楽しみに見届けてやるぞ……とこう書けば、胆勇の女のように聞えるかもしれないが、実際は半信半疑、好奇心半分、不気味さ半分、見世物のお化け屋敷を覗くときの心境に似ていたのである。

その夜、私は加湿器のスイッチを入れ、（行火はやはり点かないので外に出して）遅くまでベッドで本を読んでいた。加湿器は快調に作動している。何の異変もなさそうだ。

するとそのうちにだんだん、胸苦しくなって来た。理由もなく動悸がする。心臓の鼓動が耳について目が冴えて来た。動悸はだんだん強まり、呼吸困難を覚えるようになって来た。

――これは潜在的な不安感のなせるわざであろう、と私は自分を分析した。何のかの強がりをいいながら、どこかで私は怖がっている。それがこの動悸になっているのだろう――。

そう思った折しも、

パチッ！　ゴトン！

部屋の隅で例の音。強い疲労感のようなものに身体が押しつぶされ、寝返りを打つのも億劫だ。そうだ、たとえこの疲労感や心臓の異常が霊の仕業《しわざ》ではないとしても（私の不安が起していているものであるとしても）、精神を鎮め統一するためにお題目を上げよう――。私はそう考えた。そうして、まるで、目に見えぬ敵のように蔽《おお》いかぶさる疲労感を押し退けて無理やり起き上った。ベッドに坐ったまま、お題目を唱えた。どれくらいそうしていたかわからない。そのうちに急に眠気が来て、そのまま私は横になって眠ってしまったのであった。

翌日からどうも体調がよくない。抑鬱《よくうつ》症とはこういうものであろうか、と思われるようなゆえのない憂鬱感が身体を蔽っている。机に向う気力もなく、ぼんやり炬燵《こたつ》に入っていた。本を読んだりテレビを見たりするのも大儀である。塩をかけられたナメクジみたいに、どろーっと炬燵に横になって、

――これは間違いなく霊の障《さわ》りだな……

と思っていた。

実は佐賀県浜玉町に四十五日間滞在していた時に、私は豊臣秀吉のためにお家断絶の憂き目を見た波多三河守《はたみかわのかみ》の岸岳城址に登ったが、その夜から今と同

じような急性鬱病ともいうべき症状に見舞われて苦悶し、現地の霊能者に頼んで、とり憑《つ》いた霊を落してもらうという騒ぎがあったのだ。その時、霊能者はいった。

「もう大丈夫です。今、立派な侍が立って、涙をツーと流して、よくぞ成仏させてくれたとお礼をいって消えましたから」

と。そうして確かに気分もよくなり、私はすっかり安心して東京へ帰って来たのだ。だがもしかしたらその侍め、消えるフリして安心させて、油断を見すましてまたこっそり憑いたのかもしれない。だから私が東京へ帰って来ると同時に、家中でラップ音がはじまっているのだ……。

――私としては出来るだけのことをしてあげたじゃないですか！　何が不足で、そうしつこくつきまとうのよ！　私はしつこい奴は人間でも霊でも大ッキライなんだ……。

私は、虚脱感に押しつぶされながら、天井の音に向っていった。言葉だけは威勢がいいが、心臓は怪しく轟いている。

　霊の仕業であるとすれば、炬燵で寝ているよりはお題目でも唱えて鎮まってもらう方がいい。私は起き上って二階の寝室へ上って行った。線香をひと握り立て、塩を撒き、ベッドの足もとの床に坐って、

「ナームミョウホウレンゲキョウ……」

と始めた。ここで負けては、私は憂鬱症で滅びてしまうかもしれない。精神病院の鬱病患者として、今に、

「あの気の強い佐藤愛子があんなになってしまうんだからねェ……」

などと嘆かれるようになるかもしれない。そう思うとお題目を唱える声にも自《おのずか》ら熱が籠る。と、どうしたことか、お題目を唱える声と一緒に、胸の前で合せた両手が微かに動き出したではないか！　その動きは次第に大きくなり、止めようとしても止まらない。いつだったか、何かの映画で白装束の巫女婆さんが、祭壇の前で祈っているうちに、だんだんだんだん両手が動き始め、髪ふ

り乱して踊り出す場面を見た記憶がある。観客は（私も）そこで笑っていたが、何のことはない、今、私はあの巫女婆さん風になっているのだ。笑いたいが、笑うどころではない。誰か来て、この動く手を止めてほしいと思うが、手は止まるどころかますます勝手に大きく上下し、口は、

「ナムミョウホウレンゲキョウ

ナムミョウホウレンゲキョウ」

大声に唱えつづけて止まらない。

つまり私の意識と肉体とが別々に働いているわけで、意識の方は、

――こりゃ困った、どうしよう、止まれィ！　止まれィ！

といっているのに、手と口はどこ吹く風、勝手に動いているのである。

そんな事態が十五分もつづいただろうか。そのうちに漸く手の動きは鈍くなり、声も次第に小さくなってやっと止まった。

これはもう、自分で鎮めるどころじゃない。いつも何かというと美輪明宏さ

んに面倒をかけるので、今回は遠慮していたが、こうなっては遠慮なんかしていられない。美輪さんが在宅しているように、と祈りながら電話をかけた。

「もしもし、美輪さんですか。あ、いて下さってよかった！　サトウです。あのね、今ね……」

かくかくしかじかとこの間うちからのことを話しかけると、美輪さんはみなまで聞かず、

「サトウさん、憑いていますよ」

あっさりいう。

「えっ、やっぱり！　見えますか」

「あのね、鎧冑《よろいかぶと》の武将が憑いててね。その後ろから……えーと、これは何だろう……黒い丸い帽子をかぶってるんだけど、その帽子の真中にトンガリがついていて……そうだわ！　蒙古《もうこ》の兵隊ですよ……それが覗いている」

「モウコのヘイタイ！……」

歴史に名高いかの蒙古軍。元寇《げんこう》の役《えき》！

〽四百余州をこぞる　十万余騎の敵
国難ここに見る　　弘安四年夏の頃

昔歌に歌ったあの元寇の蒙古勢の一人が憑いているというのか！
私は呆然とした。

3

思い巡らせば、あの浜玉町の四十五日の滞在中、私は暇にまかせて、唐津、七山、北波多、呼子《よぶこ》、鎮西《ちんぜい》、相知《おうち》など、浜辺の旧跡を歩き廻っていたのだが、あれは確か、編集者のKさんが東京から陣中見舞に来てくれた時だ。丁度来合せていた娘と三人で、旅館から借りた車でドライブをした。唐津を抜けて呼子を通り、鎮西の名護屋 城 址《なごやじょうし》に車を止めたのは、一月だというのに春のようにうららかな日だった。

名護屋城は豊臣秀吉が朝鮮出兵の本拠地として、全国の諸大名に命じて築かせた城である。この地は九州の最北端。玄界灘に臨んで壱岐《いき》・対馬《つしま》に対している。

城は平山城で海抜八十七メートル、玄界灘を見下ろし、本丸には天守閣をはじめ、書院、数寄屋、楼門、茶室など、「金殿玉楼が建ち並び、その壮大さは筆舌に尽し難いものであった」（山崎猛夫著『岸岳城盛衰記』）ということであるが、しかしその城も秀吉が朝鮮出兵に失敗した後、寺沢志摩守が唐津に城を築く際に、大部分を移し運んだ。島原、天草の乱の後、一揆が起るのを恐れて石垣の要所や城中の井戸までも埋めたりして、廃城となってしまい、今は僅かに石垣や濠の跡などが残っているだけである。

大手門の前には城址の案内図が立っていて、探訪順路などが示されているが、我々はそういうものは無視してぶらぶら歩いて行った。井戸の跡があったり、崩れた石垣があったりするが、特に何を見たいという気もない。

それにしても驚くべき広大さである。行けども行けども本丸に出ない。

「面積、十四町五反といいますからねえ、えーと、東京でいえば……」

とKさんはいいかけて、あとはわからなくなったと見えて、

「とにかく、たいへんなもんです」

とごま化す。

「この大名の配陣図というのが、また凄いですね」

とガイドブックの配陣図を広げ、

「徳川家康、石田三成、加藤清正、片桐且元《かつもと》、本多平八郎、伊達《だて》正宗、黒田長政……いやあ、錚々《そうそう》たる大名、キラ星の如くに集っているんですなあ」

と感心している。

「おや、結城《ゆうき》秀康はこんな端っこだ……これは確か家康の次男ですよね。豪邁《ごうまい》をもって知られていたといいますね？」

「ああ、結城秀康？　あれはね、バイドクで鼻クタになってたの」

「えっ、バイドク？　ホントですかァ？」

「本当です。鼻がなくなったので、ツケ鼻をして家康に会ったのよ。そうしたら家康が怒って、大丈夫たる者が国を治むるに身を飾る必要がどこにある。いやしくも武門の棟梁《とうりょう》たるべき身が、鼻を拵《こしら》えるとはなにごとか、そういって怒ったの」

「ホントですか、その話」

「そういう家康だって淋病だったんですからね、なにも偉そうにいうことないのよ。淋病は鼻が落ちないから人目につかないだけじゃないの。ただ歩く時はガニ股になったでしょうけどね」

「いやあ、さすがお委《くわ》しいですねえ」

「そういえば加藤清正も淋病だったのよ。目玉剝《む》いて槍をしごいて虎を睨みつけたりしてるけど、とにかくこの頃の武将は片ッ端から淋病、バイドク病《や》みね」

「バイドクはコロンブスがアメリカを発見してスペインへ帰った時に持って帰って、あっという間に全ヨーロッパにひろがったといいますね。日本へはいつ来たんでしょう?」

「そう、日本へ来たのは室町時代末期だといわれてるのね。日本へは中国から来たんだわ。だけどバイドクの蔓延した早さったらすごいのね。戦国時代は関所が国境にあって交通がとても不便だったでしょう。なのに、バイドクが関西から関東まで行くのに、僅か一年なんだからいかに猛烈だったかわかるでしょう? 安土桃山時代は殆どバイドク持ちだったみたいね。この名護屋城だってバイドクと淋病の巣窟みたいなもんだったんじゃない?」

そんなことをいいながら、足の向くままにどんどん歩いていた。ふと気がつくと道は下り坂になっていて、視界は開け、目の前に二階家が建っている。

「あらKさん、外に出ちゃったわよ……本丸はどこ？」

バイドクの話に夢中になってどうやら道を間違えたらしい。右手は蜜柑畑、その向うは高い絶壁だ。その上が本丸なのかもしれない。だとすると、また今来た道を戻らなければならない。しかし戻るのは面倒くさい。どこかに近道があるに違いない。私はそういって蜜柑畑の中へ入って行った。蜜柑の樹というのはそう背が高くない。その枝の下をくぐりくぐり進む。絶壁のま下に出た。それに沿って蜜柑畑を右へ行くと、どん詰りになっていてそれ以上は進めない。

先頭を切っていた私はふり返り、

「ダメ、ここからは進めないわ」

「ダメですか、じゃあやっぱり戻りましょう」

とKさんはいう。

私は目の前の絶壁を見上げて考えた。

――ここを登って行けば本丸に違いない……。

よし、登ろう！

と決心したのだ。

「ねえ、Ｋさん、ここ登ればきっと本丸よ、ね？」

「そうでしょうね、多分」

「じゃあ、ここを登りましょう」

「えっ！」

「登りましょう！」

「ここをですか。三十メートルはありますよ」

角度七十度ほどのその壁面は石ではなく、灌木や草に蔽われた土の壁面である。石垣ならば靴が滑るだろうが、土であればツルツル滑ることはない。

「大丈夫ですか？」

「大丈夫よ。これくらい」

「じゃあ、ぼくが先に行きます。キョー子ちゃんは最後から来て下さいね」

Kさんは仕方なく決心した様子で、それまでの暢気《のんき》なバイドク談義が忽《たちま》ち必死のロッククライミングに変ったのであった。

後でこの話を聞いた人は皆、「へえー」と感心した後で異口同音にこういった。

「しかし、そのお齢で、いったい何のためにそんな所を登ったんです?」

そう改まって訊かれると答えに困る。「何のため」といえるような、そんなもっともらしい理由があるわけではなかった。もと来た道を戻るのが面倒くさかった、というのがせいぜいいえることである。しかし人はそれだけの答えでは満足せず、

「その時に、もう武将の霊が憑いていたんじゃありませんか」

皆、不気味そうな顔をしたのである。

4

Kさんを先頭に私たちは崖を攀《よじ》昇り始めた。足場を探しては片足を掛け、灌木か雑草を摑《つか》んで残った足を引き上げる。上からKさんが、

「大丈夫ですか？　ここがいいですよ、ここに足を掛けて……ほら、どっこいしょ」

と引っ張ってくれる。私の下から昇って来る娘は仏頂面で、

「なにも無理してこんな所、登らなくても……」

口の中でぶつくさいっている。

「バイドクの話に夢中になって道に迷うなんて、まったく、人にもいえやしない……」

「なにをブツブツいってるのよ……うーんと、どっこいしょ……ああ、しんど。

あと、どれくらい？」

「もう一息です。大丈夫ですか？」

「大丈夫——」

といいつつ、へばって一息入れる。もし遠くから見ている人がいたら、いったい何だと思っただろう。

遂にKさんは登り切って、上から引っぱり上げてくれる。その力に乗って、

「わーい」

と躍り出た。

そこはやはり本丸跡であろうか。広場になっていて、名護屋城址と彫られた高い自然石の碑が立っている。何人かの人が三々五々、歩いたり立ち止まったりして景色を眺めている。こちら向きにずらーっと並んで、カメラの方を見ている人たちの前に私は躍り出たのだ。

「やれやれ、わハハハ」

と私は嬉しさのためにひとりで笑った。ふり返ると怒りのためか苦しさのためか、真赤になった娘の顔が、まさに崖縁に現れたところである。あたりにいた人たちはいきなり現れた我々にびっくりして、そんな所に石段でもあるのか、いったいどこから来たのかと思ったのであろう。さりげなく寄って来てそーっと崖下を見下ろしている人もいる。

「わァ、絶景ねえ。素晴しいわ！」

と私は上機嫌。Kさんは仕方なさそうに、

「ハハハ」

と無意味に笑っている。

目の前に穏かにひろがる玄界灘。

太陽が睨みし海のかすみかな　　月斗

春のように懶《ものう》げな光の中にのどかに浮かぶは、あれが対馬、こちらが壱岐か。思い起せば七百年の昔、文永十一年十月五日、元（蒙古）の大軍は突如、対馬の沖に姿を現して忽ち上陸、民家を焼き払い、島民は虐殺されて対馬は焼土と化し、その十日後には元軍は壱岐に上陸。壱岐の住民も対馬と同じく虐殺されてしまった。「文永の役」の始りである。壱岐、対馬を蹂躙《じゅうりん》した元軍は肥前松浦地方を襲い、更に博多湾に上陸を開始したが、十月二十日の夜、俄《にわか》に起った嵐によって元の艦隊は姿を消した。

「是神国の霊験不思議なりけることどもなり」

と、『鎮西諸家盛衰記』は記している。

しかし一旦は嵐に敗退したものの元は諦めず、再びやって来た。

――弘安四年夏の頃、

と歌にある。そこでまた、手はじめに対馬、壱岐がやられた。ついでに元軍は博多湾を攻め、激しい攻防戦が展開される……。

私は娘に語り聞かせ、ついでに歌を歌った。

「多々良浜辺の戎夷《エミシ》
そはなに蒙古勢
傲慢無礼もの
倶《とも》に天をいただかず
いでや進みて忠義に
鍛えしわが腕《かいな》
ここぞ国のため
日本刀を試し見ん……」

「ママ、わかったよ、もう。歌わなくても」と娘がいうのを無視してつづける。

「ここぞ筑紫《ちくし》の海に
浪おし分けてゆく
ますら猛夫の身

仇を討ち還らずば
死して護国の鬼と
誓いし箱崎の
神ぞ知ろしめす
大和魂いさぎよし」

小学生であった頃、どんなに熱烈な思いでこの歌を歌ったことであろう。熱血漢だった担任の先生は、

「博多の沖は元の船でもういっぱいだ。敵は高い櫓のある船、こっちは釣舟のような小舟。しかし我が武士は船の大小なんか、少しも気にしない。敵が攻めて来るのを待ちきれず、こっちから攻めて行った。草野次郎という勇者は、敵の首二十一取って、船に火をかけて引き揚げた……」

と握り拳を振って熱弁を振えば、我々は固唾《かたず》を呑んで聞き入り、ついに話が神風に及ぶや感極まって目頭を熱くし、

「天は怒りて海は
逆巻く大浪に
国に仇をなす
十万余の蒙古勢
底の藻屑と消えて
残るは唯三人《みたり》
いつしか雲晴れて
玄界灘月清し」

声はり上げて歌うのであった。

——ああ、日本はまさに神国なり。一度ならず二度までも、外敵襲来して国土を侵さんとするや、神、大風をもって国を守り給う。神国に生まれた私は幸福者だ！　と感激し、日本という国はかつて一度も負けたことのない国、無敗無敵の国と信じていたのに、それから十年と経たぬうちにアメリカ兵に愛想笑

いをしてチョコレートを貰い、蔭で、

「アメリカの兵隊なんて、無知なのが多いんだってね。時計の見方も知らないのがいるんだって」

「タシ算は出来るけど、カケ算とかワリ算は出来ないらしいわ」

「そういうのに負けたのか！　口惜しいねェ……」

などとつまらない悪口をいって、憂さ晴しをするようになるとは夢にも思わなかったが、しかしそれから更に三十年の後には、神国ではないが経済大国になってアメリカを脅かすようになることも、その時は夢、知らなかった……。

私はそのようなことを娘に語り聞かせ、さあ、まだ陽は高い。これから波戸岬の方でも行ってみましょうか、とKさんを誘ったのである。

波戸岬は松浦半島の最先端にあり、ガイドブックによると、

「毛せんを敷いたようななだらかな青草の原には放牧の牛が群れ遊び、家族づれのハイキングや釣り客でにぎわいを見せる」

とあるが、何ぶんにも今は一月、どこに青草の原があるのやら、牛が群れ遊んでいるのやら、人の姿もない寒々とした岬である。突端から百メートルほどの桟橋が海につき出ていて、その先に燈台のような白くて丸い建造物が海から出ている。海中展望塔というものである。

「行ってみますか？」

とKさん。

「そうねえ、あんまり興味ないけれど、折角だから行きましょう」

その頃からいくらか風が出て来た。風に吹かれながら橋を渡って建物の中に入る。階段を降りると、そこは丸い部屋になっていてガラス窓が並んでいる。その窓の向うに海藻が揺れている。海藻の間から魚が現れ、消えて行く。「海の神秘が楽しめる」とガイドブックにあるが、とりたてて「神秘」というほどの光景ではない。

「や、黒ダイだな」

とKさん。

「へえ、あれが黒ダイ？　ふーん」

とあまり興が乗らない。

「あれは黒ダイじゃありません。チヌです」

と声がした。誰もいないと思っていたが、番人というか、ガイドというか、退屈そうな顔のメガネの若い男が椅子に坐っていて、我々の会話に口出しをしたのだ。

「オヤビッチャやソラスズメダイなんかが見られる、ってここに書いてありますけど」

「水族館じゃないスからね、いつでもいるってもんじゃないですよ。来る時は来る。来ない時は来ない。そこに面白さがあるんです」

「はァ、そうですか、なるほどね」

とKさんはすべて、逆らわない人なのである。（だから私と一緒になって城

の崖を登った）

「誰も話相手のいない所に、こうしてぽつんと一日坐っているのだから、気も立つでしょうな」

と思いやり深い。

我々は海中展望塔（といっても少しも展望出来ないが）を出て帰途についた。冬の陽ははや傾いて、春のような穏かな日ざしの中に揺蕩《たゆと》うていた海は、夕陽の中に微かに冷たい波を立て始めたようである。そこからは壱岐島は指呼《しこ》の間といえるほどに近く見える。

数々のむごたらしい歴史を抱えて、今、壱岐は夕霞の中に横たわっている。元の襲撃を受けた壱岐守護代平景隆は手兵、僅か百騎で雲霞の如き元の大軍に立ち向い奮戦したが、多勢に無勢、力及ばず全員が戦死を遂げ、景隆も城内で自刃したという。南無妙法蓮華経。南無妙法蓮華経。

かの歴史を思い壱岐の島影を望見しているうちに、私の口をついて又しても、

「多々良浜辺の戎夷《エミシ》
そはなに蒙古勢」
とあの歌が出て来たのであった。

5

話は横に逸れたようで、逸れてはいない。

つまり、この一日がいけなかったのである。この一日の行動が、黒いトンガリ冑をかぶった蒙古の兵隊にとり縋《すが》られるもとになったのだ。鎧冑の武将が憑いたのも、多分、この日に違いない。だが、その武将とは果して何者だろう。

名護屋城址陣屋跡にさまよっていた天正の武将か、あるいは文永十一年、元の大軍と戦って無念の死を遂げた武将であろうか。バイドクで鼻クタになったのよ、と私に悪口をいわれた結城秀康の家来か、淋病のくせにえらそうな顔して槍をしごいて虎を威してたのよと笑われた加藤清正に縁ある者が襲ったのか。あるいは秀吉の機嫌をとるのが下手でうとんじられ、口惜し涙にくれていた波多三河守の忠臣が、ハンチングにブーツ姿雄々しく城壁を登る私の姿を見て、これは頼もしい女武者、とばかりに頼って来たものか。

それとも元軍襲来の折、僅か百騎で防戦し、力尽きて自刃した平景隆か。そういえばあの時、よせばいいのに私は、波戸岬より壱岐の島影を眺めているうちに感傷的になって、

「ナムミョウホウレンゲキョウ……」

と唱えてしまった。アレがいけなかったのかもしれない。

しかし今更そんな尋ね人みたいなことをしていても仕方がないのである。美輪さんは、「お経を上げてあげるから今、すぐいらっしゃい」という。忙しい美輪さんがすぐにいらっしゃいというからには、この霊、ただ者ではないのかもしれない。

私は家を走り出てタクシーで美輪さんの家へ向った。

「あーら、いらっしゃーい」

と美輪さんは婉然と笑って出迎えてくれる。こういう時の婉然たる笑顔は意表を衝《つ》いて却って頼もしい。

「おどろいたわねえ。よりにもよって、蒙古のヘイタイさんまでくっつけてくるなんて……」

美輪さんは婀娜《あだ》っぽく笑う。

「そうねえ、このヘイタイさん、やっぱり元寇の役の時の人なんでしょうかねえ。肩から袈裟《けさ》がけに斬られてますよ」

「えっ！　袈裟がけのが、私に憑いてるんですか！」

「そう。玄界の海をさまよい流れてたのね。元寇の役というと……そうだ、七百年も流れてたんだわ」

七百年、さまよい流れているところへ私がノコノコ行って、歌を歌った。

「多々良浜辺の戎夷《エミシ》
　そはなに蒙古勢」
と。そこらあたりでやめておけばよかったかもしれないのに、調子に乗って更に声を張り上げた。
「傲慢無礼もの
　倶《とも》に天をいただかず……」
その声に波間にただよっていた蒙古の兵隊はむっくりトンガリ帽の頭を擡《もた》げた。そこへ追討ちをかけるように、
「いでや進みて忠義に
　鍛えしわが腕《かいな》
　ここぞ国のため
　日本刀を試し見ん」
その日本刀に殺《や》られて、七百年も波間をただようことになった恨みが、ムラ

ムラと湧き立って来て、歌声の方をハッタと睨めばハンチングのばあさんが、調子に乗って歌っている。

「天は怒りて海は
逆巻く大浪に
国に仇をなす
十万余の蒙古勢
底の藻屑と消えて
残るは唯三人《みたり》……」

——なにっ、唯三人？　うぬッ、たったの三人しか生き残らず、我らが蒙古勢は滅びたのか、と歯がみする折しも、

「いつしか雲晴れて
玄界灘月清し」

——なにが、月清しだッ！　この野郎ッ！　と蒙古の兵隊は憤怒して、私に

飛び移ったのかもしれない。私は何の悪気もなく、ただ無邪気に歌っただけなのに。

しかし考えてみれば七百年の間、玄界灘のあたりには幾千万の人が通り過ぎているはずである。いったいなにゆえ、七百年もの長い間、その誰にもとり憑かず、よりにもよってこの私に憑くのだ！

「そういうものなんですよ」

美輪さんはこともなげにいい、

「サトウさんが元気なので、頼もしいと思ったんじゃないの、ハハハ」

さあ、ではお経を上げましょう、と美輪さんはいって奥の仏間に案内され、そこで読経が始った。

前にも書いたように美輪さんの誦経《しょうきょう》は素晴しい。読経《どきょう》というものはまことに世界にも比類のない芸術であると思わせられる誦経である。葬式坊主のお経は短いほど有難いが、美輪さんのお経はいつまでも両手を合せて聞いていたいという安らかな謙虚な気持にさせてくれるお経である。

一時間の余《あまり》もつづいただろうか。読経は終って夢から醒めたように私は我に帰った。美輪さんは何ごともなかったようないつもと同じ淡々とした口調でいった。

「あの鎧冑の武将はサトウさんのご先祖でしたよ」

「えっ！　先祖？　でも私の先祖は代々奥州《おうしゅう》津軽為信に仕えた武士ですけど」

「先祖といっても直系一筋だけじゃないでしょう。色々な人がちらばっていますからね、もとは津軽のサトウさんが今は東京にいる。東京へ来る前は関西にいたでしょう。そんなふうに、狭い日本ですもの、あちこちに散らばっているんですよ。先祖の一人が九州にいてもちっとも不思議じゃないのよ」

「はーァ、なるほど、そういうものなんですか……でも、なぜ、私の先祖だということがわかるんです？」

「さっきお経を上げていたら、サトウさんのご先祖がすーっと出て来られたのよ」

「はーァ」

「サトウさんのお父さん、それにおじいさんでしょう？　こう、白い長い顎鬚《あごひげ》を垂らしている人……」

「ああ、祖父です。そんな写真があります」

「それから順々にさかのぼって行って、色々な人が出て来たけれどその中にさっきの鎧武者もいました。この人は豊臣の人ね。頭の上に千生瓢箪《せんなりびょうたん》の旗がたなびいていたもの」

千生瓢箪は豊太閤《ほうたいこう》の馬印である。馬印とは戦陣で大将の側に立ててその所在を示す目標としたものだ。

うーん、そうすると、私の先祖の一人であるかの鎧武者は、秀吉、朝鮮出兵の際の大将だったのか？

いや待てよ。大将というものは、それぞれの馬印を持っているはずであるから、千生瓢箪の馬印の下にいるわけがない。千生瓢箪の馬印を掲げる大将は秀吉だけである。

とすると……？

私の先祖は旗モチか⁉

美輪さんは武将だなんていってくれたけれど、秀吉の馬印を持って、あちこちする馬印持ちなのか！

「面白いもんだわねえ。あんな九州の外れに先祖の一人が行っていて、サトウさんが行き合せたなんてねえ……」

私の心中も知らず美輪さんはひとりで感心している。

「それであの、蒙古のヘイタイの方は……」

「あ、あれはカンタン。もう消えてますよ」

「ありがとうございました」

やれやれ、と私は家へ帰って来た。いつか日はとっぷり暮れて、家に着いた時はもう九時近い。ナオ子さんはもうアパートへ帰っているので、ひとりで軽く食事をして寝室に入った。美輪さんは「もう大丈夫」といってくれたが、本当に旗モチさんの霊は成仏してくれただろうか？

寝室の真中に立って耳を澄ました。

静かである。

パチッともゴトンともいわない。

胸の動悸は鎮まっている。肩から背骨にかけて、重い袋を担いでいるようだったのが消えている。本当に成仏してくれたのか。成仏するフリをして油断をさせておいて、またブーッ、いきなり加湿器を鳴らしたりするのではないのか？

その夜は久しぶりに熟睡した。翌日の夜も熟睡した。三日目に私はためしに歌ってみた。

「多々良浜辺の戎夷《エミシ》

そはなに蒙古勢
傲慢無礼もの
倶《とも》に天をいただかず……」

はじめは小声に、やがて大声に歌ったが異変はない。私は久々の湯上りのような、清々しい気分で、

「いつしか雲晴れて
玄界灘月清し」

と大声を張り上げたのであった。

幽霊騒動てんまつ記

1

岐阜県の加茂郡富加《とみか》町という町の町営住宅でさまざまな怪奇現象が起きているという話を聞いたのは十月（二〇〇〇年）の中頃のことである。その住宅は富加町の高畑《たかはた》という町外れにあり、一年半前に新築されたもので四階建て二十四世帯が居住している。その居住者の半数が入居して間もなくから異常な現象に悩まされるようになった。新聞や週刊誌の報道を要約すると「カンカン」「ドンドン」「ピシッパシッ」「ゴーッ」などの物音が夜通し聞こえたり、突然食器棚の扉が開いて中から皿がフリスビーのように飛んだり、茶碗が落ちてその欠け口がコの字の形に欠けていたり、電源の入っていないドライヤーが深夜、いきなり作動を始めたり等々、次々に怪奇現象が起っているということである。

娘はテレビを見ては私の部屋へやって来て、興奮してしゃべり立てる。来る人はみな、その話題を出して「いったい何なんでしょう?」と不思議がる。しかし私は格別驚かなかった。といってテレビ報道を、バカにしているわけではない。私は今までにいやというほど似たような経験を積んできているからで、バンバン・ドンドンの音の話を聞いても、

「ああ、例のやつネ」

と軽くいなし、いきなりドライヤーが動き出したといわれても、

「うちじゃ、オモチャ箱の底にあったオルゴールがいきなりキンカラコンと鳴り出しましたよ。十年も前から壊れたままほっといた目覚し時計が、夜中に突然、鳴り出したこともあるわ」

と平然としていた。

ほんとをいうとその当座はキモを潰してオタオタしたのだが、二十年以上もそんな経験をしていると、そのうちに馴れっこになって、何が起っても驚かな

くなったのだ。

その怪奇現象が起きている町営住宅では、色々な騒音のほかに、女の幽霊が出没するのを住人の何人かが見かけているという。

「二十年ほど前にその土地が栗林だった時にそこで首吊り自殺をした女の幽霊なんですって。物音はその怨念でしょうか？」

私の心霊体験を知っている人の中にはわざわざ電話をかけてきてそう訊く人がいるが、私は霊魂にいろんな目に遭わされるだけで、霊能というものは何もない、ただの「憑霊体質」である。しかし二十年以上もそんな体験をしていると、ある程度の知識が植えつけられ、洞察力も育つ。

「うーん、女の幽霊ですか？　しかしこれだけのもの凄いポルターガイストは、そんな首吊り女一人だけで起せるものじゃないでしょう」

としたり顔にいってみたりするのである。ポルターガイストとは「騒霊」といい、騒々しい音を発したり物品が移動するなどの心霊現象をいい、西欧には多いが日本では少いとされている（日本人に比べて西欧の人は強い情念を持っているためか、あるいはこれは「クイモノの違い」ではないか？——これは勝手な私の私観である）。

私は二十五年前、北海道に建てた別荘で、こういうポルターガイストをいやというほど経験した。二十年かかってやっとわかったことは、そこはアイヌ人の集落があった場所で、日本人のためにみな殺しにされたアイヌ人の霊魂が起す現象だということであった。その経験から考えると、このポルターガイストは霊魂であろうと推察される。古戦場か、首斬り場か、壊された墓地か、かつてそんな所ではなかったんでしょうか、一体や二体じゃないですね、といっぱしの霊能者気分で答えていた。

2

心霊研究家のEさんは、若いが優れた霊能の持ち主である。霊能者というものは霊能の力に伴って誠実で謙虚、無欲な人格の人でなければならない。そういう点でEさんは私が最も信頼し尊敬する霊能者である。

富加町の異常現象についてEさんと話し合っているうちに、どっちがいい出したともなく「ひとつ行ってみましょう」ということになった。それに本誌(小説宝石)編集部の金盛さんが野次馬気分でついて来ることになり、十月末日、私たち三人は雨もよいの富加町高畑の、問題の町営住宅を訪れた。

その住宅は町外れの、川と田畑を前にし、遠くこんもりした森を望見する広々と気持のいい場所にあった。およそ幽霊が出るとは思えない新しく清潔な建物である。築後一年半という時間は極めて順調に平和に推移して来たように見える。

「――もっと陰々滅々としているかと思ったら」

私と金盛さんは何となくあてが外れた花見客のような気分である。

Eさんは黙って建物の中に入って行く。入口は三カ所あって通路が南北に抜けている。南側へ抜けるとささやかな庭があり、その向こうを川が流れている。川の向こうはひろがる田畑、遠く森と工場らしい建物が見える。Eさんは無言で佇み、あっちを眺め、こっちを見上げ、

「いますね、女が」

と落ちついたものだ。住宅の各部屋にはベランダがついているが、そのひとつに真直な髪を肩の上に垂らした色白の女が、エンジのスカートに白いブラウスを着て立っていますという。私はEさんと一緒にベランダを見上げたがその部屋の主は留守らしく白いレースのカーテンが下がっているだけである。

「あ、今、上のベランダへ移りました……」

「はァ、上へ？」

「こっちを見ています……あ、隣りのベランダにすーっと移って、部屋の奥へ消えました」

その消えたという部屋も留守らしくカーテンで閉ざされている。幽霊騒ぎで避難している家が六世帯あると聞いていたから、その人たちの部屋かもしれない。幽霊め、留守をいいことにあっちこっち、思うままに散策しているのか。

Ｅさんは女幽霊など歯牙にもかけず、田畑の方をじっと見ている。そして、

「見えてきました」

と静かにいった。

「見えた？　何がです？」

「黒い三角の笠のようなものをかぶった男たちが……中腰にかがんで……手に棒を持ってこっちを窺っています……いや、あれは棒じゃありません、鉄砲ですね。鉄砲を構えてるんです」

「鉄砲隊ですね？　戦国時代？」

「そのようですね、ひい、ふう、みい、……」

Eさんは数えて、

「二十三人」

といった。

「中腰になってこっちを見ているのは、あれは草むらに身を隠しているつもりなんですね、昔は灌木の繁みだったんでしょう」

だが今は一面、きれいに耕された畑だ。

「あッ、馬が現れました、鎧のようなものを着た武士が乗っています。鎧といっても武将が着ているような立派なものじゃありませんが」

「鉄砲隊の隊長でしょうか」

「そのようですね。馬を横づけにしています」

ラジオの実況放送さながらであった。

いつまでも鉄砲隊と睨み合っていてもしょうがないので、自治会長の田中さんを訪ねることにした。田中さんは小柄だが風格のある老人で、金盛さんは「はじめ、テレビで見た時は、おどおどしたような感じだったのに、今はたいしたものですねえ。すっかり風格がそなわってます。幽霊騒ぎで風格が出た……。たいしたもんだ……」と妙なところで感心している。

田中さんの手もとにはこの事件が広まって以来、訪ねて来た人の名刺が三百五十枚もあるという。テレビ、週刊誌などのマスコミ関係から来る人、来る人、みな同じことを質問する。それに対して同じ返事をくり返しているうちに鍛えられてテレビ度胸がつき、説明する言葉もよどみなく今や意気さかん、という趣である。

田中さんの部屋に異変が起きたのは、この住宅が完成し、入居して間もなくのことだという。

「廊下を走り廻る音がタ、タ、タ、トントントン、二時間ほどつづく。はじめは上の部屋の子供らが走っとるのかと思って訊きに行ったら、いや、みな寝て走っとらんという。おかしいなあというてるうちに、壁を丸太で叩くような音がバーンバンバン・カンカンとか、ギシギシ鳴りよるし、天井じゃバシーッ、バシバシ、バシーッ……。それが夜通しや。いやもう眠れたもんやないで、焼酎飲んでベロベロに酔うて寝ても、目が覚めるんやから」

ついに田中さんは枕許に木刀を置いて寝た。音が始まると木刀持って外へ飛び出した。しかし、

「なんもないもんね」

木刀をふりかざそうにも目に見えぬ霊魂が相手であるからどうしようもなかったのだ。

これは欠陥住宅ではないかと考えて、役場や建設会社の人を呼んで相談したが、調査の結果構造上の欠陥はない、考えられることは「コンクリートと内装

の板などの膨張率の違いで音が出ることはあるが」とわかったようなわからんことをいわれただけである。それがきっかけで、うちも音がする、うちもうるさくて寝れん、という声が上って来て、これは目に見えん何ものかの仕業かもしれん、ということになった。四階の水野さんの部屋では、いきなり食器棚の戸が開いて皿が飛んだり、茶碗が落ちてコの字形に欠けたり、水道からひとりでに水が出たり、勝手にテレビのチャンネルが変わったり、物音の方はノコギリで切る音、ビンが転がる音など、七種類に上った。また別の部屋では、電源の入っていないドライヤーが夜中に作動をはじめるという騒ぎ。

それと同時に髪の長い女の幽霊を見たという人が何人か出てきた。四階の水野さんの奥さんが見た時は女幽霊は跣《はだし》で表を走っていたそうである。

役場は相談に乗ってくれない。祈禱《きとう》を頼むには金がかかる。役場に祈禱料の負担を頼んだところ、「憲法に定められた政教分離でそれは出来ぬ」と断られた。仕方なく自治会で祈禱料を出すことに衆議一決して霊能者を呼んだ。白装束のその女先生はなかなかに力のある人らしく、そのお祓《はら》いで花火の爆発の中にいるような音はだんだん静かになっていった。だがその代わり、それまで何ともなかった部屋へともの音は移動して行った。

どこにも相談する人はおらず、頼る所もないので田中さんは、新聞社に頼めば何か方法を教えてくれるかもしれん、と考えた。そこで中日新聞にわけを話し、十月二日、それが記事になった。そうしてその日以来、田中さんを含め住宅の人たちは、女幽霊とポルターガイストに加えて、マスコミの大襲来に巻き込まれることになったのである。

3

一旦美濃太田駅前のホテルへ戻って夕食をとり、再び高畑住宅へ行ったのは午後八時頃、本格的に秋雨が降り出していた。タクシーを降りるとEさんはまっしぐらに通路を通って南の庭に出る。さっき二十三人の雑兵《ぞうひょう》が見えた向こうの田畑は、暗い雨に包まれてくろぐろと広がっている。

「鉄砲隊が増えています！」

とEさんは声を上げた。

「五十人以上はいるでしょう……弓を持っているのもいます……さっきの馬上の武士もいます……」

と、またしても実況放送になる。人数が増えるということは、愈々《いよいよ》合戦が始まるのか？　Eさんは背後の住宅をふり返り、

「あっ、こっちにもいます！　ベランダに、ほら、あっちのベランダ……こっちにも……」

あっち、こっちといわれても、悲しいかな私にも金盛さんにも何も見えない。

「はア、いるんですか？　雑兵がこっちにも……はーん」

という金盛さんの声は緊張しつつもどこか間が抜けているのは当然というべ

きか。ベランダの雑兵は二、三十人。田圃へ向って銃を構えているという。Eさんの目には住宅に重なって粗く板を張った粗末な櫓《やぐら》がまるで二重写しのように見えるそうだ。

「戦国時代、ここに櫓があったんですね、丁度その同じ場所に住宅が建っているんです。ふしぎだなあ……ぴったり重なってるんですよ」

ベランダの雑兵は、櫓の上に立っているつもりなのだ。

「あっ、始まりました。矢が飛んできます！　ヒュウという音が、耳もとを掠めました……」

私と金盛さん、思わず逃げ腰。

「あーッ」

とEさんは驚愕の叫びを上げて飛び退《の》き、

「落ちて来ましたッ、ベランダから……」

「何が落ちました？」

「雑兵です……鉄砲の弾が当ったんです……」

「どこに落ちました？」

「そこです……（Eさんは、二、三歩右へ進んで）ここです……」

と指す。しかしそこには雑草が夜の雨に打たれているだけである。彼方を見れば、雨の田圃は静かに夜の闇に溶け込んでいる。しかし両軍の合戦は今、たけなわという趣らしい。

夜になるとひどくなるというあの物凄いラップ音や振動は、鉄砲の音や弾が命中した破裂音で、子供が走り廻るような足音は、雑兵どもが右往左往している音なのかもしれない。さっきEさんは白い襦袢《じゅばん》様のものを着て白いタッツケのようなものを穿いている男を階段の所で見たというが、その男は寝ていたところを急襲されて、武装を整えようと起き上った途端に弾に当って下着のまま命を落したのだろう、とEさんはいった。

時は戦国時代。我々は川を挟んでの合戦のさなかにいるというわけなのだった。

4

田中さんによると、ここを訪れたテレビ局は十九社。週刊誌の取材数知れず。霊魂否定論者で有名な物理学者大槻教授や音響研究の第一人者鈴木松美先生のほか、茶碗の割れ口を科学的に解明するべくテレビ局に動員された学者先生、それに加えて自薦他薦の祈禱師や霊能者が頼みもせぬのに次々にやって来て、塩を撒いたり地面に酒を注《そそ》いだり、線香を燃したり、榊《さかき》を立てたり、護摩《ごま》を焚く人、祈禱する人は引きもきらず。霊視する人の中には水道タンクの中に霊が閉じ込められ、水道管を伝って各家に出入りしているといった人や（それが何の霊であるかは、給水口に鍵がかけられていて中が覗けないのでわからないとか）、以前ここで首吊りをした女の幽霊が寂しいので親類を呼び寄せたのだという人。

四階の「皿トビの水野さん」の所へ来た霊能者は、あんたには水子がいます、といい出した。水子など作ったオボエはないというと、いきなり拳固でボカボカと頭を殴られてコブだらけ、そこへひと摑みの塩をパッと投げつけられ、コブもろとも髪も顔も塩だらけ。かと思うと別の霊能者は上の男の子は将来女たらしになる、と予言した。その人はまた冷蔵庫に霊がついているといったそうだ。将来の女たらしと冷蔵庫との因果関係はわからない。

それにも増して水野さんが閉口したのはテレビ局だという。まさに夜討ち朝がけ、夜中の二時頃やって来てチャイムを鳴らす。扉を開けるとさっと片足を入れて閉められないようにして質問をたたみかけ、どやどやとカメラマンが入って来るやパーッとライトをつけてそこいら中を写し廻る。コの字に欠けた茶碗を見たいと思ったが、それはテレビ朝日が持って行きましたということであった。

しかし、それにもかかわらず「皿トビの水野さん」はいやな顔もせずに私たちを迎えてくれた。信頼してもらえたのか、それとも、

「エイ！　こうなったら何でも来い！」

というヤケクソの心境に立ち到ったのかもしれない。彼女は二十一歳の若いお母さんである。

水野さんの所へ行く前からEさんは頻《しき》りに、

「子供さんはいますかねえ、もしいるようでしたら是非会いたいですね」

といっていたが、いいあんばいに一歳半の男の子とハイハイをしている弟くんはまだ眠らずに起きていてくれた。Eさんは上の坊やを見て、「やっぱり」と頷き、

「わかりました。だいたい思っていた通りでした」

と納得顔。

「この坊やは強い霊体質ですね？　そうじゃないかと思ってました。ほかの人

には見えないものが坊やには見えるでしょう?」

「そうなんです」

と水野さんは頷いた。

「『階段の所に女の人が坐っている、こわい』といい出したり、『おじちゃんが天井から顔だけ出している』とか、『おじちゃん、バイバイ』と玄関のドアに向って手をふったりしてるんです……」

Eさんはじっと水野さんを見て、

「奥さん、あなたも同じ体質のように見受けますが……」

「そういえば私も子供の頃からよく幽霊を見たりしていました。私のおばあさんもそうだったんですけど、おばあさんが死んでから余計強くなったように思うんです」

Eさんの予想はぴったり当ったらしい。

「これはね、奥さんと坊やの強い霊媒体質がこういう現象を呼んでるんです。

奥さん、例えば食器棚の戸が開いたり、音がしたりした時、その時は坊やが癇《かん》癪《しゃく》を起して泣いたりしているんじゃありませんか？」

「あ、そういわれれば」

水野さんは思い当る様子で、

「そうですわ。下の子が生れてから、この子はヤキモチを妬いてキィーッキィーッ叫んだりするんです。そんな時にきまってドアが開いたり、物が飛んだりしてるみたい……それで私の方もイライラして、つい、ヒステリィを起してしまうんですけど」

「奥さんがヒステリィを起す時も、現象が起きるでしょう？」

「――ああ、そうです……確かにそうですわ……」

彼女はいった。

「じゃあ、私たちのせいなんですね？」

「ここは霊的な磁場が強いんですよ。そこへもってきて霊体質のお二人の強い感情が走るものだから霊的なハレーションを起して、お皿が飛んだりするんです」

「そういうことってあるんですか……じゃあ、特別にこの部屋が呪われているということじゃないんですね？」

「呪いなんてものは何もありませんよ。霊的磁場と奥さんたちの体質的な力が呼応して現象が起きているんですから。危険は何もありません」

「じゃあヒステリィを起したりしなければ起きないということなんですね？」

「何があっても、たとえ物音がうるさくっても気にせず、平静にしていればいいんです」

ほっとしたように彼女の表情は明るくなった。それでもこの建物が霊的磁場の上に建っている以上、ラップ音（霊がその存在を示す音）や家具、部屋の振動などはつづくものと思える。

「引越すか、そうでなければ馴れていくよりしようがないでしょうね」

とEさんは結論を下した。

武士というものは、普通の人とは違う強い意志貫徹の思い、戦うことに対しての一途な思い込みを持っている。しかもその時代は人間が単純だった。「戦え」といわれれば、「やめろ」といわれるまでとことん戦うのである。恨みつらみなんぞではない、それは純粋な一念である。その一念は死んでも消えず、それ魂魄この世にとどまりて、毎日毎夜、決まった時間に鉄砲を撃ち弓を射、それに当ってベランダ（櫓）から落下しているのだ。

落下してもすぐもとの櫓に戻り、翌《あく》る日、また当って落ちることをくり返しているのだ。

およそ四百年余りそのくり返しの中に彼らはいるのだった。この住宅が牛豚の処理場だった時も、それから栗林だった時も、それから子供の遊び場、キャンプ場だった時も、そして一戸建て住宅が建っていた時も、（日本が戦争をして負けてもアメリカの家来になり果てても）来る日も来る日もこうして戦いつづけてきたのだ。

栗林の中の柿の木を選んで中年女が首を吊っていた時も、彼女のまわりでは戦いがくりひろげられていた。彼女は死んではじめてそれを知ったのだろうか？　これはえらい所へ来てしまったと後悔し、今は閉口してうろうろしているのかもしれない。

もしかしたらこの四階建て住宅は彼ら守備兵の切なる願いによって、その力に動かされて建ったものかもしれない。彼らはかつて高い櫓の上で戦っていた。栗林や処理場やキャンプ場では「櫓の上」という気分が満たされない。彼らの櫓欲しさの一念が働いて、ある日、役場の誰かがここに四階建ての住宅を建てようと思いついた。測量士が来て建設地域を決めた。もしかしたらその決めた人（測量士か建築士か）は霊体質の人で、知らず知らずに影響を受け、かつての櫓の位置ぴったりに、重なるように建てたのかもしれない。Eさんの霊視では住宅と櫓との重なり具合はまったく驚くほかない、みごとな二重写しになっているそうだ。

一九九九年春、この町営住宅が遂に完成した。守備の霊たちにとってはまさに「遂に」という思いだったにちがいない。建ち上るやいなや、応戦に活力が加わった。鉄砲を撃つ者、走る者。落ちる者もさぞや落ち甲斐が出来たことだろう。

住宅の困惑恐怖など、知ったこっちゃない。お祓いの大声も撒かれる塩も、護摩木を燃やす煙も、一心不乱の戦いの最中《さなか》にあっては気に止めてなんかいられないだろう。

一心不乱の脇目もふらぬ霊たちの戦い、そのこちら側にはそれを鎮めようとする一生懸命の人たちがいる。向こうも一心不乱、こっちも一生懸命。お互いに背中合せにただただ頑張っているのだ。

5

水野さんの部屋を辞して階段を降りて来ると、北から南へ抜ける通路で、白装束の老人が護摩を焚く支度をしていた。白と灰色のまだら髯《ひげ》を顎に垂らし、髪は銀髪、枯木のように痩せている。護摩木に火がつけられ、八百万《やおろず》の神々への祝詞が始まった。護摩を焚くのは密教の祈りで不動明王が本尊の筈だったが、と思いながら見ていると、やがて般若心経《はんにゃしんぎょう》が始まった。弟子らしい四、五人の男女が傍らで唱和し、次第に昂揚していく。チェックの上着にズボン姿のおばちゃんが私を見て、

「さあさあ、どうぞ奥へ入って下さい。滅多にしないことなんだから、トクですよ。気持よくなりますよ」

と見世物の呼びこみの口調。気がつくとそこにいるのは私と金盛さんだけで、

住人は誰もいない。私の横をチャイナドレスを着た中年女が忙しそうに通って行く。彼女はお護摩の一行とは別の霊能者で、さっき水野家にいた時、チャイムを鳴らして線香と塩を持って来た人だと金盛さんがいった。九時になったら窓を閉めて、この線香を燃やして下さい。その頃、お祓いに来ます、という声が聞こえていたが、この人だったのか。

「線香はひとつかみもありましたよ。窓を閉めてあれを燃やしたらたまりませんよ。狸のいぶり出しじゃあるまいし」

と金盛さんは呆れている。

しかしこの異常現象を鎮めるために一生懸命になっているのは霊能者の人たちであって、どうやら住人は飽き飽きしているらしく、誰も姿を見せない。階段に足音がして、買い物袋を持った青年が降りて来たが、般若心経の熱唱のそばを見向きもせずに通り過ぎて行った。

しかし、髯の先生と弟子たちは今やクライマックス。弟子たちは一人また一人と悶えはじめ、踠《もが》き倒れて苦悶の様子。その背中を先生は数珠をもってハッシハッシと打つ。この地に巣喰う悪霊が今、弟子たちに乗り移り、先生がそれを懲らしめているというところらしい。

金盛さんはいつしかいなくなっていて、そこにいるのは傘をさした私一人。私もいい加減に立ち去りたい。向こうに見える集会所に三々五々人が入って行く。そこではどんなことが行われているのか、行ってみたい。しかし私が行くとここは誰もいなくなってしまう。折角の熱演（？）に見物がいなくては気の毒だと思って我慢する。あっちも見たいが、こっちにもいたい。何だか催し物会場に入ったような気持なのだった。

集会所では別の霊能者が心霊についての講義をしていた。この人は三度目で、過日、塩を包んで来た紙を焼いて便所に流したところ、灰は流れて便器にある形が残った。その形は「首なし坊主」と「豚」だという。その証拠写真が聴衆（というほどでもないが）の間に廻されていたが、金盛さん「これが袈裟《けさ》だといわれればそうかと思うけれど……ただそれだけじゃないですか。だからムリして『首なし坊主』ということにしたんですかねえ。こっちの豚も……豚と思うにはこれも相当ムリせにゃならんですな」

私「しかしなんで、『首なし坊主と豚』なのかしらねえ」

と二人で考え込んだのであった。

降りしきる雨の中、かくして富加町営住宅の夜は更けて行った。護摩木は赤々と燃え上り、髯先生の叱咤の声と般若心経。忙しそうなチャイナドレス。集会所の心霊講話はいつ終るとも知らず。この先生たちはみな、自前で来ているのであって住人が呼んだわけではないという。一文にもならぬことにかくも一所懸命になるのは、それを「使命」と考えてのことであろうか、それともただ「好き」なだけなのか。東に幽霊の噂あれば行って塩を撒き、西にラップ現象あれば行って護摩を焚き、ひたすら人のために尽そうと心懸けている人たちなのか。それとも私のような好奇心溢《あふ》れる心霊おたくか。

だがそうして人々が忙しくしている間も、あちらの合戦はつづいているのである。こうしている人たちの上や右や左を鉄砲の弾が流れ矢が飛び、雑兵が走り、血を流し、斃れているのだ。

「これはいつまでつづくんでしょう。鎮めることは出来ないんですか」

私が問うとEさんは、「むつかしいですねえ」と溜息と共にいった。

「武士の一念は強いですからねえ、こだわったまま死ぬと未浄化になるんです」

Eさんは雑兵の霊たちに向って、もう戦いはとっくに終っていること、時代は移り変わり四百年も経っていること、だからもう戦いはやめなさい、という想念を送ったそうだ。しかし「私一人の力では多分及ばなかったでしょう」という。あの合戦の真っただ中（つまり田圃の真ん中）に入って行って念じれば効果があるだろうが、一人では多分やられてしまうでしょう、ということだった。

唯一、考えられる方法は、彼らに命令を下した武将の霊を霊媒におろして、その武将霊の口から戦いをやめよといわせることだという。

「しかしその武将も幽霊になってここで戦っているのかもしれませんね?」

「そうですねえ……」

といってEさんは気落ちしたように肩を落したのであった。

あれから十日経った。

合戦はまだつづいているのだろうか。鉄砲は鳴り馬は走り矢が飛び、ベランダの雑兵は今夜もまた音もなく落ち、そうして霊能者たちは次々と現れて懸命に塩を撒いたり、護摩を焚いたりしているのだろうか。

聞くところによると水野さん宅の異音はなくなり、ラップ音も静かな音になりつつあるという。Eさんの祈りが届いたか、それとも髯の先生やチャイナドレスや「首なし坊主」の先生ら……総勢十三人の霊能者なる人たちの力が集まって、合戦は鎮まったのであろうか。Eさんにも、勿論私にもわからない。

佐藤愛子

さとうあいこ

大正十二年大阪生まれ。甲南高等女学校卒業。

昭和四十四年、『戦いすんで日が暮れて』で第六十一回直木賞、昭和五十四年『幸福の絵』で第十八回女流文学賞、平成十二年『血脈』の完成により第四十八回菊池寛賞、平成二十七年『晩鐘』で第二十五回紫式部文学賞を受賞。

近著に『ああ面白かったと言って死にたい』（海竜社）、『九十歳。何がめでたい』（小学館）、『人間の煩悩』（幻冬舎）、『それでもこの世は悪くなかった』（文藝春秋）、『上機嫌の本』（PHP研究所）、『破れかぶれの幸福』『愛子の小さな冒険』『冥途のお客』（小社刊）などがある。

平成二十九年四月に春の叙勲で旭日小綬章を受章。


この作品は1992年1月、PHP研究所刊行の書籍を元に、新装増補したものです。

神さまのお恵み

二〇一八年十二月三十一日　第一刷発行
二〇一九年　一月　十一日　第二刷発行

著者――佐藤愛子

編集人・発行人――阿蘇品 蔵
発行所――株式会社青志社
〒一〇七-〇〇五二　東京都港区赤坂六-二-十四　レオ赤坂ビル四階
（編集・営業）
TEL：〇三-五五七四-八五一一　FAX：〇三-五五七四-八五一二
http://www.seishisha.co.jp/

本文組版――株式会社キャップス
印刷　製本――株式会社新藤慶昌堂

ISBN 978-4-86590-075-0 C0095